COBALT-SERIES

王子に捧げる竜退治

野梨原花南

JN265830

集英社

目次

王子に捧げる竜退治

ドリー

貴族の娘だが、両親を
馬車の事故で亡くし、
ひとりで暮らしている。
親は魔法使いだった。
十六翼黒色の痣を持つ。

マイヨール

国王がドリーに遣わし
た護衛。

キール

ルフランディルの護衛。

登場人物紹介

ルフランディル

ダリド国王子。成人の儀を終えたばかりの15歳。自分では、まだ結婚するには早いと思っているが…。

スマート

自称「流浪の美貌の大賢者」の魔法使い。

魔王

？？？

イラスト／宮城とおこ

王子に捧げる竜退治

陛下に報告はしない。
私は異界の魔王と契約した。
その名、
十六翼黒色。

第一章　はじまりはじまり

私は復讐《ふくしゅう》する。

こんな屈辱《くつじょく》を受けて、黙っていられるものですか。

夜の中、暗闇に目を開けて、ドリーはその言葉を心に思い浮かべ、すり切れたシーツを敷いたベッドに横になる。

「この広間に居並ぶ年頃の娘達の中で、この娘が一番ちっぽけでみっともない！　父上、私はこの娘を妻にすると誓《ちか》うよ。どうだ、このやせっぽちの、色気のないこと。ドレスもおかしな色だし、髪も化粧《けしょう》もこんなに無様《ぶざま》だ。国の娘なら誰でもいいと仰《おっしゃ》った言葉を悔《く》やまれるがいい！」

ドリーの手を摑《つか》んで言ったのは王子だった。

その手は熱くてひび割れや傷のひとつも無かった。

白い肌で金色の巻き毛で、青い瞳でばら色の唇で。顔は綺麗《きれい》だったけど、甲高《かんだか》い声でそんなことを言うからなんだかみっともなかった。

王子はドリーのことなど知らないだろうが、国中の娘は王子のことを知っている。王子は今年十五歳。ドリーと同じ歳《とし》だ。前日に成人の儀《ぎ》をすませたばかり。王子の父である国王陛下は、王子に国内の娘をめとらせたいと考えていた。

だから今日、国中の適齢期《てきれいき》の貴族の娘を全員王宮に集めて、舞踏会《ぶとうかい》が開かれたのだ。

通常なら必ずいる、介添人《かいぞえにん》や同伴者や目付《めつけ》役は一人もいない。

広間を埋め尽くすのはただただ着飾った娘達ばかりだった。

これでは踊りなど踊れないから、舞踏会とは名ばかりだ。踊りには必ず相手が必要なのだから。

ドリーは舞踏会などはじめてだったから、周りの子女《しじょ》達の美しさにただただ見ほれた。

みんな、なんて綺麗なんだろう。

私はこんなみすぼらしいなりで、お化粧《けしょう》も、髪を結うのも精一杯自分でやってはみたけれど、どうしてもうまくいかなかった。笑われても当たり前だから、もしそんな声が聞こえてきても気にはならない。

それよりこんなに綺麗なものをこんなにたくさん見る機会はそうそうないから、じっくり見ておこう。

ドリーはそう思って、壁際にうっとり突っ立っているだけだったのに。

シャンデリアの灯《あか》りの下、花を蹴散《けち》らす勢いで王子がずかずかやってきて、ドリーの手を取ってそんなことを言うものだから、せっかくのいい気分がぶちこわしだった。

王子が言った言葉は、ドリーを酷《ひど》く傷つけた。

そりゃぁ私は灰色の髪で、やせっぽっちで、器量もそんなによくないし、お父様もお母様もずっと先《せん》に亡くなってお金もない。だというのに舞踏会に呼ばれたもんだから、貸衣装屋《かしいしょうや》に行ってようやく借りられたのが、この緑とも青とも紫ともつかない変な色のドレスで。

それでもお母様の鏡台の前で何とか髪を結って、なんとかお化粧をして、どうにかこうにか格好をつけてようやくここに来たって言うのに。

王様のおふれで、従わないと罰《ばつ》があるというから来ただけだというのに。

「どうしてあんなこと言われなくてはいけないの!!」

ドリーはそこまで思い出して、腹立ち紛《まぎ》れに枕を壁に投げつけた。

中身のそば殻《がら》が、辺り一面に散らばった。

腹が立ってドリーはどかどか足を踏み鳴らす。掃除《そうじ》するのは自分しかいないのに。

「どうなさいましたドリー様」

声と共に入ってきたのは、銀髪の若者だった。

睫《まつげ》にマッチ棒が乗りそうで、インクの瓶《びん》からいきなり色を入れたような鮮やかな水色の瞳で、その容貌《ようぼう》で部屋の中が明るく照らされそうな若者だ。

「……何でもありません。着替えて寝てください」

下あごを突き出して言ってしまい、ドリーは内心品がないと反省したが、腹が立ったままだったので姿勢を正したりはしなかった。

銀髪の若者はマイヨールというのだが、彼は白のシャツと緑のベストと、革のズボンと長いブーツという昼間と変わらぬ出《い》で立《た》ちだった。

「そうは参りません、このマイヨール、陛下から命《めい》を受けた以上、本日からドリー様の護衛です」

着替えて眠る？　馬鹿なことを。

言外《げんがい》にそんなことを含んでいそうな笑みで言われて、それもまたドリーは腹が立った。

「そうですか。では私は眠りますから。お騒がせしました。おやすみなさいマイヨールさん」

マイヨールを無視して、ベッドに入って背中を向けて丸まる。

少しのあと、マイヨールが出ていく音が聞こえた。

夜の中でドリーの怒りは治まらない。

復讐《ふくしゅう》という名の、石のようにかたい冷たい言葉を胸に、眠れない夜を過ごした。

「どうしてそんなにお怒《いか》りになられているんです。俺にはさっぱりわかりません」

ドリーが作った朝食を食べながらマイヨールが言う。

髪の毛が料理に落ちないように髪留めの布を頭に巻き、エプロンをつけたままのドリーは、自分の分の朝食を食べながら視線も上げずに言った。

「わかってもらおうとは思いません」

「それにわからないといえば、どうして家政婦の一人も雇わないのかもわかりませんが」

「お金がないんです。あなたが持ってきたお金は、あなたの食費に回します」

「護衛する方に食事を作ってもらう護衛など聞いたことがありません」

「じゃああなたが食事を作ってくださったらどうなの」

ドリーが言った言葉に、マイヨールは面白そうにうふっと笑った。

「作ったことがないものですから」

「でしょうね」

チーズを乗せて炙《あぶ》ったパンをちぎって、口に入れて飲み込み、ドリーは嫌みに笑ってみせる。

「粗末《そまつ》な食事でごめんなさいね」

「俺は気にしません」

にっこり笑われて思う。そんなことありませんよとか言えないのかしら。

「マイヨールさん。恋人いないでしょう」

「俺に恋しちゃだめですよドリーさん。俺は護衛ですから」

憂《うれ》いた顔でマイヨールが言い、ドリーはこの人馬鹿かしらと思ってつい見つめてしまった。

腹は立っているが、日は昇り、日々の仕事が待っている。

婚儀《こんぎ》は一年後。

一ヶ月後には身辺を整理して王宮に上がり、花嫁になるための教育を受けてもらうと、舞踏《ぶとう》会《かい》の帰りに慇懃《いんぎん》な中年の女性に言われた。

それでも、それまでは生活していかなくてはならない。

ドリーに遺《のこ》されたこの邸宅《ていたく》。全て手を入れるのは無理なことだから、ドリーは厨房《ちゅうぼう》と母屋《おもや》の一部、菜園と鶏舎《けいしゃ》だけを世話している。

生きるというのは面倒なことで、その世話をして自分のあれこれをするだけで日が暮れる。

父母の蔵書《ぞうしょ》を読むのは日課で、その数時間だけはドリーは静けさを楽しむことが出来た。もちろん今のように読み物として楽しい本に当たったときには、シーツが乾く間だの、豆が煮える間だのに読み進むことだってする。

洗濯物《せんたくもの》を干し終えて、シーツの影に椅子《いす》を持ち出して座り、ページをめくる。

でも、昨日までのように集中できない。

なによ。

あの中でいちばんみすぼらしいだなんて、自分がいちばんわかってる。

王子様と結婚したいだなんて思いもしなかったのに。

ページが涙でにじんだ。

いちばんちっぽけでみっともない。

言われなくてもわかってる。

本のページに涙が落ちた。

雨のようにいくつもいくつも。

晴れた青空の下で洗濯した白いシーツが翻《ひるがえ》る影で、ドリーはこどものように声を上げて泣いた。

少ししてからハンカチが差し出された。

「どうぞ」

マイヨールだ。

ドリーはそのハンカチを受け取って、涙を拭《ふ》こうとして躊躇《ちゅうちょ》した。

香水の香りと絹《きぬ》の感触。

母親と父親の引き出しには同じような品があったが、ドリーにはそれをどう使っていいのかわからない。使うべき場所に行くこともない。こんな風に普通に使ってはいけないような気がして、引き出しの中から外に出せなかった。

「……そんなに悔《くや》しいの？」

マイヨールの声の調子が今までと違った。

作り笑顔ではない声だ。

ドリーはハンカチに皺《しわ》を寄せないように、涙で汚さないように持って頷《うなず》いた。

「どうして？」

マイヨールが訊《き》いて、ドリーは涙を落とし、しゃくりあげながら何とか言った。

「あんなこといわれて、いちばんみっともないから結婚するとかいわれて、そんなの、だって、あんまりじゃない」

鼻が詰まって息が苦しかった。

マイヨールがドリーの前にひざまずいた。

ドリーの手からハンカチを取って、ドリーの鼻に当てて言った。

「どうぞ」

ドリーは真っ赤になると激しく首を横に振って逃げ、顔を両手で押さえた。

「ハンカチが汚れるわ！」

「ハンカチはそういうものでしょう」

マイヨールは楽しげに笑う。銀の髪に光が撥《は》ねる。

「……だからって、鼻をかんでもらうだなんて、それはそれで……」

「自分でかんでくれないからさ」

「絹《きぬ》のハンカチなんて汚せないわ」

「わかった。今度持ってくるときはリネンのにしようね」

言って、マイヨールはドリーの涙をハンカチで拭《ふ》いてやった。

「……それで？　何がそんなに悔しいの？」

言われてドリーは考える。

時間がかかりそうだなと思ったマイヨールは、椅子《いす》をもう一つ持ってきて、ドリーの横に座り、ドリーが読んでいた本を彼女の膝《ひざ》から取って読み始めた。

変に虚脱《きよだつ》した気分でドリーは青空の下、鳥の声を聞きながら考える。

草が暖められて香り立つ。少し湿った土のにおいと、洗濯《せんたく》もののにおい。石けんの香り。

風に揺れる草や木々の音。

太陽は暖かい。

雲が流れていく。

「……多分ね。私は、私が本当にちっぽけで、みすぼらしいから、それで悔しいの」

雲の影が遠い山の稜線《りようせん》に落ちて、滑るように移動する。

静かな午前だ。

「でもそれが本当だからって、あんなことされなきゃいけないことはないし。王子様がああ言ったからには、私はお后様《きさき》にならなきゃいけないんでしょう。好きでもない王子様と結婚して、なりたくもない偉い人にならなきゃいけないんでしょう?」

涙が乾いて、頬《ほお》に落ちた涙が張り付く。さっきハンカチで拭《ぬぐ》ったけれど、まだ残っていたようだ。かゆくて手のひらでこすった。

「もし、なにかで、お后様にならないで済むんでも、あんなこと言われて黙ってたら、私、なんだか……」

言葉を見つけられなくて黙り込む。

マイヨールは本のページをめくりながら言った。

「猫背《ねこぜ》になっちゃいそう?」

「そう! そんな感じ!」

弾《はじ》かれたようにドリーは言い、マイヨールは文字を視線で追いながら口元だけで微笑《ほほえ》んだ。

「だから、復讐《ふくしゅう》しようって昨夜決めたの」

その剣呑《けんのん》な言葉に、マイヨールは別に驚くでもなく言う。

「どうするの?」

「どうしよう」

困り果ててドリーは顔をくしゃくしゃにして身体《からだ》の力を抜いた。

「殿下のお命を奪うとかは、俺、立場上困るからやめてね」

「しないわよそんなの。牢屋《ろうや》に行くのも処刑されるのも嫌だもの。逃げるっていっても、びくびくしながら毎日生きるの嫌だし。そこまで頭悪くないわ」

「君が頭のいい子でよかったよ」

「ありがと」

嬉《うれ》しくもなくドリーは言う。

「で、考えたの」

いい思いつきを話す、と、いうわけでもなく、相変わらず虚脱《きょだつ》して、青空を見上げたままドリーは言葉を口にした。

「いちばんちっぽけでみすぼらしいから私を選んだんだったら、いちばん偉大で綺麗《きれい》になったらいいんじゃないかしらって」

空を鳥がよぎる。

滑るように。

「……でも、そんなの無理よね……」

マイヨールは本を閉じ、ドリーに視線を向けた。

「そうでもないんじゃないか」

「無理よ」

「そう」

言うと、マイヨールは立ち上がってどこかに行った。

ドリーは一人きりで太陽に照らされる。

ちりちりするような感覚。

光が皮膚《ひふ》を刺す。

まぶしくなって強く目を閉じる。

唇を引き結ぶ。

こうしていく間もシーツは乾いていく。

いちばん偉大で、綺麗《きれい》になったら。

マイヨールが持って行ってしまった本の主人公のように、国中で語り継がれる存在になる。

王妃《おうひ》としてふさわしい、勇気と気品のあるひとになる。

でも、そんなのどうしたらいいんだろう。

ドリーは、自分の胸の上を押さえた。

ここには、両親が遺《のこ》してくれたものが眠っている。

これを使うべきなのかしら。

でも、こんなことのために使うのはなんだか嫌だ。

……お父様とお母様が、生きていてくれたらよかった。

二人で出かけたときに、馬車の事故で死んでしまって、それから親戚《しんせき》のバレーナ伯母《おば》様が遺産をあらかた持って行ってしまって。

昨日のことは、そろそろ彼女の耳に入る頃かしら。

面倒そうだわ。

……。

……もし。

もしよ。

偉大な女性になるためには、何をするべきなのかしら。

たとえば、そう、何か世の中に貢献《こうけん》する。

尊敬をされなければならないのだから、困っている人を助けなくてはならない。

でもそれどうやるんだろう。

困っている人。

「ちょっと待ってよ私が困ってるんだから、困ってる人助けてる場合じゃないんじゃないかしら？」

いやでも。

そもそも私何に困っているんだったのかしら。

わからなくなってきた。

「……？」

外で騒がしい馬車の音がして、しばらくしてから足音を鳴らしてやってきたのは、化粧《けしょう》とドレスの派手な、一抱えもありそうな胴回りの中年の女性だった。

「ドリー！」

「おばさま。やっぱりいらしたんですか」

うんざりしながら立ちあがって嫌そうに言ったドリーに、ドリーの伯母《おば》、バレーナは甲高《かんだか》い声で怒鳴《どな》った。

「当たり前でしょう！　自分の姪《めい》が、まぁなんてことでしょう、お后様《きさき》になるだなんて！　こんな名誉《めいよ》なことはないわ！　ああ、ちゃんと面倒を見ていてよかった」

「……見ていただいていませんけど」

また変な事言いだした。

そう思ってドリーは眉《まゆ》をひそめてバレーナを見上げた。

「何を言うのよ恩知らず！　ちゃんと見ていたじゃない！　あなたなんかが持っていたら、どう使うかわからない財産をあたしは管理してあげていたのよ!?　それをまぁ最近の小娘は。やっぱり怪しげな術を使う親の娘だからだね、こんなにひねてしまって。だから私が弟に同業の女なんかと結婚するなんてとさんざん反対したというのに。挙げ句こんな娘を遺《のこ》して二人とも死んでしまうなんて、全くなんてことだろう。でもドリー、ようやくあんたがあたしの役に立ってくれそうだね」

言って、バレーナはドリーの手をとってにこにこと笑った。

バレーナの手は湿っていて気持ちが悪かった。

ドリーはバレーナの手から、自分の手を無理矢理引いた。

「……なんて可愛《かわい》くない子だ！」

バレーナは目を怒りに光らせ、声を震わせて怒鳴った。

「いいかい、王宮に上がるときには、あたしを連れて行くんだよ！　後見人が必要なんだからね！　あんたがどう嫌がったって、絶対必要なんだしそれはかならず唯一の血縁であるあたしになるんだ！　わかったかい、ドリー！　わからないならお前なんか国境の竜にでも食べられてしまえばいいんだよ！」

国境の竜。

竜。

ドリーは両手で伯母の手を摑《つか》み、厚くおしろいを塗った顔を食い入るように見つめて言った。

「おばさま」

「な、なんだい」

「国境の竜って何?」

「なんだい、ものを知らない子だね。国境に出て、街をつぶしてしまう竜だよ。そりゃあもう恐ろしい竜だというよ。王様の軍が退治しにいったけど、まるで歯が立たなかったってさ。国境の街道の要所だから、つぶされてもそこに街は何度でも出来るけど、竜の方も何度でも出てくるからきりがないってさ! 硫黄《いおう》の息を吐いて、身体《からだ》には毒草が生えていて、目は地獄の火の様で、口には死体が挟《はさ》まってるそうだよ。どうだい怖いだろ?」

勝ち誇って言うバレーナの手をまた強く握って、ドリーは輝くばかりの笑顔を浮かべた。

「はい、怖いです。そしてわかりました。私、その竜を退治しに行きますね!」

バレーナの下あごがだらりと下がった。肉があったのでつっかえたが、そうでなければ胸にくっつきそうだった。

「な、何言って、るんだい」

「私今までおばさまのことを、みっともないデブでひどい不細工《ぶさいく》で下品でセンスのない意地悪な業突張《ごうつくば》りな中年としか思ってませんでしたけど、人の不幸を喜んで陰口をたたいたりすることにもきっと意義はあるんですわね」

目をキラキラさせ、目的が見つかった興奮で頰《ほお》をばら色に染めてドリーは言った。

「この国の仕組みを変えたり、貧しい人を助けたり、なんてどうしたらいいかわかりませんけど、竜退治程度なら私、目標に出来そう! ありがとうございますおばさま! 私は旅に出ま

すけど、ここの管理はおばさまにはお任せしませんからそのおつもりでいらしてくださいね。それではお帰りあそばしください。お元気でさよなら！」

ドリーはぶよぶよと柔らかくて重い手応えの、伯母《おば》の身体《からだ》を両手でぐいぐい押して門まで行き、そして門を閉めて鍵《かぎ》をかけ、振り向いたらそこに本を持ったマイヨールがいて驚いた。

「竜退治？」

マイヨールは苦笑していた。本は閉じられている。

「うん」

ドリーはマイヨールをまっすぐ見て短く息を吐いた。

「どうやるかわかんないけど、とにかく私、何かしないといけないわ。迷っているのは苦しいもの」

「……君が偉大になると、殿下は困ると思うけど」

「それが目的だもの。そうでなくちゃ困るわ」

「そうすると、俺の立場が微妙になるんだよね。まずは殿下にことの報告をしていい？」

考え込むでもなくマイヨールが言って、ドリーは目を瞬かせた。

「なんて？」

マイヨールは本を右手に持ったままそれぞれの手を逆の腕下に挟《はさ》んで、顎《あご》を上げて笑って、軽く足を交差させた。

「いちばんみっともないとあなたが言ったドリー様が、いちばん素敵になるために、殿下に捧げる竜退治の旅に出ます、ってさ」

その言葉に、ドリーは笑った。

「なかなか、素敵なニュアンスだわ」


王宮では、王と王妃《おうひ》が視線を合わせずに話をしていた。

忙しい二人が、共にいる珍しい時間。

王宮の、噴水の涼しい中庭での休憩《きゅうけい》の時だ。

「王子の選んだ娘は、マクビティ家の遺児《いじ》だって」

花壇《かだん》に飛ぶ蜂《はち》の軌跡《きせき》を視線で追いながら、王の言葉に王妃は答えた。

「あなた、仕組みましたか」

王は答えない。

子供のようにそっぽを向いていた。

「マクビティさんはあなたの指示で魔術を行ったものの、結局あなたの命令とは違うことを願ったんですのよね？」

そう言葉を続けても、やはり王は答えない。

王妃はやれやれと王を横目で見て、話を合わせた。

「偶然とは皮肉なものですわね」

「そうそう」

ようやく王は頷《うなず》いた。

第二章　夢のような夜

さて、王子の名はルフランディルという。国の名がダリドといって、王子に名を与えた賢人がブワースというので、ルフランディル・ブワース・ダリドが彼の名だ。

歳は十五で、なかなかの美少年ぶりである。金髪に青い目で白磁《はくじ》の肌にばら色の唇と来ては、まるで少女に与えられる人形の容姿だ。武術の腕もなかなかだったし、勉強の方もなかなかだった。たしなみとしての音楽も、絵画も、まあなかなかだった。

要するに、全てが上の中というところで、何かひとつ人並み外れて優秀な才能があるわけでもない。ルフランディルはまぁなかなか愚《おろ》かでもなかったので、それを自分で把握《はあく》していた。

だからこそ、まだ結婚相手を決めたくなどなかったのだ。

もう少ししたら、自分にだって隠れた才能が芽生《めば》えるかも知れないし。

そのための努力だって怠《おこた》ったりはしていないし。

だというのに結婚相手を決めろと言われて嬉《うれ》しいわけもなかった。自分のことで手一杯だっていうのに。

親の都合で結婚相手を決めろと言われて、当てつけのつもりで選んだあの場でいちばんさえない娘。

父も母もさぞ血相を変えるだろうと思っていたが、とりあえず父の反応は違った。

「そーかそーかその娘がいいか」

とか、にこにこしながら頷《うなず》くばかりで。

かなり拍子抜《ひょうしぬ》けする反応で、ルフランディルはどうしていいのかわからなくなった。

更に、腕を摑《つか》んだ冴えない娘が、その場でぼろぼろ泣き出して、その顔がまぁ涙でぐしょぐしょで困った。

「どうして泣くんだ！」

困惑して怒鳴《どな》りつけたが、娘は泣いて、渾身《こんしん》の力で王子の手を振り切ると、泣きながら広間を駆け去った。

ふん、しかし、あんな娘に王妃《おうひ》の座を奪われて、周りの娘達もさぞかし悔《くや》しがり、嫉妬《しっと》しているだろうと周りを見てみたら、なんだか冷たい視線を感じた。

「あれはすこし酷《ひど》いんじゃないかしら」

「あの子かわいそう」

「殿下ったらあんなことおっしゃらなくても」

「ねぇ、誰か、あの子を追いかけて頂戴《ちょうだい》。殿下がおっしゃるほど酷くないって言ってあげて」

「髪、きちんと結って白い花を飾ったらきっと素敵よ」

「お顔だって、そう、私がお化粧《けしょう》してさしあげたいわ」

「私の去年のドレスとか、似合いそうなんだけど」

貴族の子女《しじょ》達のそんな囁《ささや》きが波のように広がって、ルフランディルを追いつめた。

不愉快《ふゆかい》になって部屋に戻った。これではまるで私が悪役じゃないか。

あとで父王から、

「ああ、マクビティさんに、護衛を一人遣《や》っておいたから。ほっとくわけにいかんしね」

と言われた。しかも廊下《ろうか》ですれ違ったときにものすごく軽く。

「マクビティさん……?」

「ああドリー・マクビティさん」

「誰ですか」

「お前の嫁」

あっさり肯定されていて気分が悪かった。しかも、

「変更無しだから」

とか言われて。

「……い、いいんですか。あんな、……あんなので」

「お前が決めたんだろう。あんなの呼ばわりはどうだろうな」

思い出す。

変なドレスで風采《ふうさい》の上がらない娘。

あんなの、あんなのじゃないか。

別に。

正直もう顔も覚えていない。

ぱっとしなかったのだけが印象だ。

変な化粧《けしよう》で変な髪で変なドレスで。

髪の色も目の色も覚えていない。

でも、泣いてた。

泣かせた。

確かに、傷つけたの、かも、しれない。

でも僕だって自分の運命に傷ついているんだから仕方がないんだ。

まだ誰かを好きになったことなんかないのに結婚だなんて冗談じゃない。

だから、いちばんみっともない娘の手をとった。

いちばんみっともないことが、僕にとってのあの娘の唯一の価値だ。

ルフランディルが自室でそんなことを思いながら、ぼんやり本を眺めていたら、手紙が届けられた。

差出人を見て眉《まゆ》を寄せる。

「マイヨール……？　誰だ？」

「王陛下がマクビティ嬢《じょう》に派遣《はけん》した護衛でございます」

そう答えたのはルフランディルの付き人だ。黒い髪を一本にまとめた、細い体軀《たいく》の柔らかな表情の男。極度の近視だと言って、眼鏡《めがね》を常にかけている。名をイセといい、数年前からずっと付き人の職に就《つ》いている。何かと聡《さと》い男でいろいろと事情通《つう》でもあったので、ルフランディルの信頼も篤《あつ》かった。

「そうか。ならば父上に報告が行くのが筋じゃないのか」

「ですから、陛下が一度目を通されてから、殿下に渡されたのではないですか」

言われてみれば手紙の封は破られていた。

中には便せんが一枚。

広げて読む。

ルフランディル王子殿下へご報告でございます。

あの場でいちばんみっともないとあなたがおっしゃったドリー様が、偉大な淑女《しゅくじょ》になるために、殿下に捧げる竜退治の旅に出られます。目的地は南の国境、ミオオク。彼女はきっとそれを果たされるのではないかと私は予想します。

「……あの娘、余計なことを！」

ルフランディルは手紙を丸めて床に叩きつけると踏みにじって叫んだ。

「そんなことをしたら、僕があの娘を選んだ理由がなくなるじゃないか！　それどころか、そんなの僕が思ったのと真逆だ！　くそ、何なんだあの娘はふざけるな！」

イセは失礼、と呟《つぶや》き、手紙を拾ってルフランディルに許しを得てから読んで言った。

「おお、なんと健気《けなげ》なことでしょう」

「健気!?」

かみつきそうにルフランディルはイセに言い、イセは感嘆《かんたん》の面持《おもも》ちを隠さない。

「あなたに選ばれたのだからふさわしい人物になろうという、これが健気と言わずしてなんと言えばいいのですか？」

「僕にとっては嫌がらせの他のなにものでもないが!?」

「なんと素晴らしい心根の娘さんでしょう。殿下はそれを見抜いて選ばれたのですね。ええ、私にはわかっていましたよ殿下。殿下には見る目がおありだと」

「そんなものあるわけなかろうが!!」

ルフランディルはイセの手から手紙を奪うとびりびりに破いた。

「ええいぬかった。そんな覇気《はき》のある娘だと思わなかったぞ。あの娘が健気だろうが何だろうが、完全に迅速《じんそく》に絶対に阻止《そし》せねば！」

　言いながら手紙を更に爪で細かく千切《ちぎ》っていく。

「おや、試練をお与えになるのですか！　まぁそうですね、仮にも王妃《おうひ》になる女性です。まして
やご自分も成長されたいと願っておられるようですし、いきなり竜に当たってもいけない。

そうですね、試練は必要ですね殿下！　なんというご配慮《はいりょ》でしょう素晴らしい！」

「お前は馬鹿かー！」

　ルフランディルはイセに、元は手紙の紙片の塊《かたまり》をぶつけた。ふわりと広がって、なにか、祝
福の紙吹雪《かみふぶき》のように辺りに舞った。

　イセは、

「あっキレイ」

　と言って喜び、ルフランディルはふうふうと肩で息をすると、鼻頭《はながしら》に皺《しわ》を寄せてイセを睨《にら》み
付けて、低い声で命令した。

「……よしイセ。彼女に試練を与えてやれ。手段は任せる。決して手助けするな！」

　イセは胸の前で素早く何度も両手を動かして拍手をし、感涙にむせんだ。

「おお殿下！　なんと素晴らしいお言葉！　獅子《しし》は千尋《せんじん》の谷に我が子を落として這《は》い上がら
せ、強く生きることを学ばせるという故事を引き合いにだすまでもなく」

「うるさい早くやれ今やれもうー！」

手近に投げるものがなかったので、ルフランディルは両手をむやみにばたつかせることしかできなかった。

夜になって城下の酒場でイセはお目当ての人物を見つけた。

「と、いうわけなのです。先日ここで知り合ったばかりのあなたにお願いするのもなんですけれど」

「オッケーいいわよん」

肘《ひじ》がぶつかりそうなほど混雑している酒場のカウンターで、イセの隣でそう言って笑ったのは、ふわふわした金色の長い髪と豊かな胸の美女だった。

胸を半分も見せるドレスを着て、唇に紅《べに》を塗り、微笑《ほほえ》む瞳は茶色だった。

「その娘さんを、竜退治に向かわせなければいいんでしょう？　あたしにとっては簡単なことよ」

ビールの入った大きなゴブレットを持って、一気に飲み干し、音高くカウンターに置く。

「っか――！　おいしい！　おじさま、もういっぱいいただけるかしら！」

「いいともさロージー！」

「竜退治より楽しいことがいっぱいあるって教えてやりゃあいいんでしょ？　そんなのこの口

ージー姐《ねえ》さんにおまかせよ」

言ってロージーは唇についたビールの泡《あわ》を指で拭《ぬぐ》って舐《な》め取り、横目でイセを見てウインクをした。

「まぁ、あんたもなんで殿下の使い走りなんてやってんだかわかんないけどねぇ？　たまにはあたしとも朝までつきあいなさいよね」

イセはカウンターの上に、金貨の詰まった巾着袋《きんちゃくぶくろ》を置くと、微笑んだまま立ち上がる。

「王宮仕えは清廉潔白《せいれんけっぱく》の方がこなしやすいので、まぁ、そのうちにでも」

「いけず」

ロージーはイセの返事を鼻で笑ってその背中を見送った。


旅には出たい。

が、今までのように意地悪バレーナ伯母様《おばさま》に、家の管理を任せる気にはなれない。あんな啖《たん》呵《か》も切ってしまったし。

そんなわけで、ドリーは家の中の整理整頓《せいとん》に精を出し始めた。

「いつ旅に出るの？」

頭に三角巾《さんかくきん》を巻いて、長持《ながもち》を移動させられたマイヨールは、腰をさすりながらドリーに訊《き》いた。

「三日後には出たいわね。ともあれ、お金がいるじゃない、旅には。だからこうして、何か売れるものを探しているの。あとは、売り物にはならないけど大事な品をしまっておかないと、安心して旅には出られないでしょう。マイヨールさんそっち持って。このレースのベッドカバーはなんとか売れそうだわ」

「俺が持ってきたお金は？」

「あれはあなたの食費！　私の食費を稼《かせ》がないといけないの！」

「殿下に頼ればいいじゃない。お金くらい」

マイヨールの手から、ベッドカバーを引っ張って奪い、畳《たた》みながらドリーはぷりぷり怒る。

「絶対イヤ！」

「そんなのできるわけないじゃない！　王子様にだなんて、私、あのひときらいなのに！　ああもう頭に来る！　もうもうもう！」

怒りのままに大股《おおまた》で、ドリーは庭に出る。小脇に抱えたベッドカバーを広げて振り、埃《ほこり》を落としたら洗濯《せんたく》だ。商品価値を高めなくてはならない。宝石や絵画、小物や調度品《ちょうどひん》などはバレーナ伯母《おば》が、ドリーの両親が亡くなって一月《ひとつき》も経たないうちにとっとと売り払ってしまった。

思い出の品だってあったからとても悔《くや》しかった。

でもあのころドリーはまだ十《とお》になるかどうかで、やめてくださいと声を上げることもできなかった。

思い出してこみ上げてきたのは悔し涙で、それをごまかすために強くベッドカバーを振ったら風下の方から咳《せき》が聞こえてきた。

ドリーはベッドカバーを丸めて庭石の上に置くと、戸口に近いところに干しておいたモップの柄《え》を握りしめ、おそるおそる近づいていく。

咳は女性の声の様に聞こえ、風下のアザレアの植え込みの中から聞こえてきていた。

「うう、埃っぽい。げっほげっほうげぇえっ」

ろれつが回っていない声だった。

近くまで来て、ドリーは思わず鼻を摘《つま》んだ。

お酒臭《くさ》い。

モップの柄で植え込みをつつくまでもなく、アザレアの濃い緑の中に横たわっていたのは、金色の髪と胸の開《あ》いたクリーム色のドレスの女性だった。

「……ど、どなたですか」

おそるおそるドリーが言い、植え込みの中の女がへらへらと笑った。

「あたし、ロージーっていうのよ。よろしくね。ねぇ、あたし身体《からだ》と頭がものすごく痛くて吐き気《け》がするんだけどどうしたらいいのかあなた知らない？」

「出てってください」

思いもかけない状況に固まりながら言われたドリーの言葉に、ロージーは驚いてから笑った。

「あっはっは！　冷たいのねぇあっはっはっは！　うわあたしの笑い声がうるさい吐きそう。ねえ吐いていい？　吐くね。せぇの」

やめてくださいと言う間もなく、ロージーは植え込みの中に吐いてしまい、ドリーはモップの柄を手が白くなるほど握りしめた。

思いっきりこの女の腹を突っついて、どこかへ転がしてしまいたかった。

騒ぎを聞きつけてマイヨールがやってきて、ロージーを植え込みから引きずり出して、自分にあてがわれた小部屋のベッドに寝かせた。

「こういうときはすぐ俺を呼んでよ」

小言《こごと》のように言われ、ドリーはなんと答えていいのかわからずに横目で見ただけだった。

ベッドに横になったロージーは、真《ま》っ青《さお》な顔で小さな声でぼそぼそ言った。

「ごめん。あとで掃除《そうじ》するから」

吐いたことで少し酒が抜けたらしい。

その分酔いの高揚《こうよう》も去って、体調は最悪なようだったが。

「迷惑かけたわね。あんたここの子？　お父さんとお母さんは？」

非常にゆっくりな動きでロージーは枕を抱え込んでうつぶせの姿勢になった。

「ここは私のうちですが、お父様もお母様もずいぶん前に亡くなってしまいましたからいません」

この不躾《ぶしつけ》な女が、申し訳なさそうな表情をすればいいんだ。

腹立ち紛《まぎ》れに言った言葉に、けれどロージーは苦笑した。

「あらそう。それで若いお兄さんと二人暮らしか。それはそれでいいわね」

その言葉には不思議に嫌みも悪意も感じなかったので、ドリーは少しぽかんとしてしまった。

「じゃあここの主はあんたってわけね。ごめんねぇ。汚して」

「……あとで、掃除してくだされぱいいですけど……どうしてあんなところで寝てたんですか」

ぶつぶつと答えたドリーをロージーはじっと見る。

あんまりにも真剣なその瞳に、ドリーは息を呑《の》んだ。キレイな瞳だな。茶色で。

「なんでだろ」

「え」

「……ロージーさん。何杯飲みました？」

横に立っていたマイヨールが口を出した。

「ああ、ええ、んー、ゴブレットでね、六杯」

考えながら蚊《か》の鳴くような声でロージーは言った。

「……までは覚えてるけど、あとはわかんないー」

ドリーとマイヨールは視線を交わし、マイヨールはドリーに言った。

「どのみち、もう少ししないとどうしようもないし、二日酔いなら必ず回復するし。何よりこの人今臭《くさ》いから俺まで酔いそう。外に出ようよドリー。ロージーさん、起きたらどうせ手洗いに行くんでしょう。出て左ですから、まぁその時に回復してたら声かけてください。はいこれ洗面器。枕元に置いておきますね」

マイヨールは椅子《いす》の上に置いておいた洗面器をロージーの枕元に置いて、ドリーを連れて外に出た。

ロージーが、

「ほんとスミマセン……」

とかなんとかいうのが聞こえて、ドリーはなんだかおかしくなってしまった。

扉を閉めて酒臭さから逃れると、マイヨールはドリーの表情を見つめて言った。

「……何かおかしかった?」

「ええ。だって、あの人なんだかおかしいわ。面白い」

思い出して笑うドリーに、マイヨールは唇を尖《とが》らせてふぅんと言い、ドリーの手を引いて歩き出した。

「さ、続きをしよう」

「あ、うん」

マイヨールの手が、乾いていて、思っていたより冷たかったのでドリーは少し緊張した。手を、どうやって引いて取り戻したらいいのかわからなくなって、息苦しいような気になった。

誰かと手をつなぐなんて本当に久しぶりだった。


夕方になっていた。

ドリーは洗濯物《せんたくもの》を取り込んで夕食を作る。水を汲《く》んだりして、マイヨールがそれを手伝っていた台所にロージーは来て言った。

「あーゴメンゴメン。ほんとゴメン」

申し訳なさそうに、それでも屈託《くったく》なくロージーは言った。

「着替えまでさせてくれちゃったんだねぇ。ほんとありがと」

「……汚れてましたから。ロージーさんのドレスは洗ってあります。ロージーさん自分で着替えてくれましたよ。寝ぼけてたけど」

夕食の魚を焼きながらドリーが言い、ロージーはそうだっけ、と首をひねった。

「ああ、でもごめんね、ほんとにね。これさ、そしたらお母さんのでしょう。ありがとね、大事なもんなんだろうにさ」

ドリーは言われて、驚いたように何度か瞬きをした。それから笑った。

「……いいえ、いいんです。お役に立てれば。それより、食べられそうですか？　何か食べていかれたほうがいいんじゃないかしら。それとも用事とか？」

「あら。いいの？　助かるわ、ありがとう」

「いいえ。じゃ、そこの椅子《いす》に腰掛けて待ってらして下さい」

そう言ってドリーは、魚をもう一匹、うろこを取って洗ってからフライパンに入れた。

魚が焼き上がれば、スープと野菜を添えて、あとは紅茶とパンとチーズの食卓だった。

三人は卓に着くと食器を手にして食べ始めた。

「ほんと、何から何までお世話になっちゃって。お詫《わ》びにさ、いいとこ連れてってあげるから」

「私、忙しいんですけど」

「まぁまぁまぁまぁ！　いいじゃん、行こう行こう！」

ドリーは困ったように小首をかしげ、それから頷《うなず》いた。

マイヨールは横でそれを見て驚いた。

きっと断ると思っていたのに。

ロージーは食事を終えるとドリーを手伝って後片付けをしてから、ドリーを夜の街へと連れ出した。悪いから、と言って、服は自分のものに換えて。

街の、夜の繁華街《はんかがい》。

狭い路地には灯《あか》りが溢《あふ》れ、そして人が溢れている。

家の中からは嬌声《きょうせい》や音楽、笑い声や何かのかけ声が漏《も》れ聞こえ、二階の窓からは忍びやかな睦言《むつごと》が、風に乗れば耳に届く。

ロージーはドリーの手をとって軽《かろ》やかに歩き、マイヨールは二人に遅れまいとするが、人の波に遮《さえぎ》られてなかなかそうもいかない。

夜の蛾《が》のような女だ。

やがて見事に見失って、マイヨールは舌打ちをした。

ロージーは一軒の店の扉を開けて中に入った。

間口《まぐち》の狭いその店は、香水と石けんと化粧品《けしょうひん》と女性の体香《たいこう》に溢れ、明るかった。壁やランプの傘や調度品《ちょうどひん》は、上品な薄い黄色と桃色と薄青色で、たくさんの花が飾られ、たくさんの絵が飾られていた。

目を丸くして辺りをきょろきょろ見回すドリーの手を離さずに、ロージーは受付のテーブルにいた女に声をかけた。

「こんばんはぁ！　あたしとこのこ、全部コースで一晩いいかな？」

女は手元の帳面を見て頷《うなず》く。

「うん、空《あ》いてるよ。ゆっくりしていきな」

「ありがと」

手を引かれるままにドリーはロージーについていく。

「ロージーさん、ここ、どこですか？　何のお店？」

「お風呂屋《ふろや》さんとかよ。ほらあたしゲロ臭《くさ》いし」

「確かにそうですけど」

「言うわねあなた」

「ほんとのことですから」

ロージーはけらけらと笑い、ドリーもつられて楽しくなった。

それから小部屋に連れ込まれて裸にむかれ、薄い生地《きじ》の簡単なドレスを一枚着せられて、木で作られた別の小部屋に入れられた。そこは熱い蒸気が立っていて、椅子《いす》に座って身体《からだ》を蒸すのだという。

「よかったわね、いつもはもっと混んでるのよ」

布を頭に巻いて髪を押さえたロージーがそう言い、ドリーはそうなんですかと答える。はぐれたマイヨールのことが気がかりだったが、まぁ彼も子供ではないので勝手にするだろう。

胸元をずっと手で隠していたが、額《ひたい》の汗を拭《ぬぐ》った時に、ロージーが見つけて、

「あら、なにそれ」

と訊《き》いてきた。

ドリーが隠していたものは、羽根の形の黒い痣《あざ》だ。

「あの、えと、痣です……」

「へえっキレイね！　入《い》れ墨《ずみ》みたい！」

ロージーは感心した声を上げ、ドリーは真っ赤になった。この痣をひとに見せたことは今までなかったし、まさかそんな風に言われるとは思っていなかったから。

「すごい真っ黒。黒もここまで来るとキレイね」

蒸気で火照《ほて》り、薄紅色《うすべに》に染まった身体に、その痣はなるほど、先の細いペンか針で彫ったようにも見える。

「ええ。十六枚あるんです」

ドリーが言うとおり、その黒い羽根は何枚か重なり、薄いドレスに隠された部分にもあるようだった。父母と、ドリーしか知らない痣は、落下の軌跡《きせき》のように下腹部にまで続いている。

「みせて歩けば？　かっこいいのに」

「……いえ。それはちょっと……それに、胸の開いたドレスなんかまだ早いですし」

「そんなことないわよ！　このロージーさんにまかせなさい！」

ロージーはその豊満な胸をどんと叩いて自信満々に微笑《ほほえ》んだ。


それから、水浴びをして、身体《からだ》と髪を洗って、外に出たら理髪師がいて、髪を整えられた。ロージーが何に使うんだかわからないほどブラシをたくさん持ってきて、ドリーに化粧《けしよう》をした。

それから綺麗《きれい》な紅《べに》色のドレスをドリーに着せて、緑色の靴《くつ》を履《は》かせた。ドリーが恥ずかしがったので、胸の開いたドレスはやめたが。

ドリーにとって夢のような一夜になった。

着飾ったドリーとロージーは、夜の街でまるで姫君のような扱いを受けた。

鏡や暗い窓に映る自分はかわいらしく、ロージーは美しかった。

今日の自分なら、王子にだってみっともないとか言わせない。そう思ったら嬉《うれ》しかった。

夜、街で遊ぶ男性も女性も、そんな二人を喜んで迎え入れ、花を捧げたり、歌で讃《たた》えたり、踊りに誘ったり、飲み物や食べ物を振る舞ったり、楽しい話でお腹《なか》が痛くなるほど笑わせたりした。

どこの誰の家だかもわからない部屋の、大きな羽毛のクッションに身を横たえたドリーが、思わずうつらうつらしてしまったのは、真夜中も過ぎた頃だった。

ドリーに毛布を掛けて、ロージーと行きずりの一夜の友人達は、奏《かな》でる楽《がく》の音《ね》を静かなものにする。やがて話題もただ楽しく明るいものから悩み事や考え事の打ちあけ話に変わり、ランプの明かりも半分になった。

夜が更《ふ》けるにつれ一人一人散っていき、ドリーが夜明け頃目を覚ましたときには、残っていたのは隣で眠るロージーだけだった。

「まだ、夜は明けきらないわ。眠っていなさい」

目を閉じたまま、くすぐったそうにロージーは言う。

ドリーは囁《ささや》く。

「ありがとう、ロージーさん。楽しかったわ。私、こんなに綺麗にしてもらったのはじめて」

「うん。大丈夫《だいじょうぶ》、あなたはかわいいわ。そのままで充分よ。あたし、楽しいこともっと教えてあげられる。だから、よかったらお友達になってくれる？　この町、結構遊び甲斐《がい》があるのよ」

「すごい。楽しみだわ」

ふふ、とドリーは笑い、それからまた目を伏せた。

「でも、楽しかったんだけど、楽しくなかったの」

窓の外で鳥の声がする。街が静まりかえる夜明けの頃。表通りではパン屋が窯《かま》に火を入れる時間だ。

「もしかして、ロージーさん知ってるかしら。王子様がおととい、私を選んだの。……いちばんみっともない娘だって言って」

ロージーは黙っていた。ドリーはそれを肯定とも否定とも取らず、話を続けた。どちらでもよかった。

「……お父様とお母様が亡くなってから、友達もいないし、一人で生きてきて。楽しくもなかったけど辛《つら》くもなかったの。一人で寂しくて泣いたこともあったけど、毎日生きるのだけで結構大変で。それでも天気がよければ楽しかったし、花が咲けば嬉《うれ》しくて、私、それでもう充分だったんだけど、でも、王子様に選ばれてからは。……昨夜はとても楽しかったんだけど、なんだか、ふとしたときに、王子様の言葉を思い出して。そうすると楽しいのがどこかに行っちゃうの。王子様と結婚したら、毎日ずっとこんな気分でいなきゃいけないのかなって思ったら、そんなの嫌で。そのためなら、どんな辛いことでもしたほうが、いっそ楽だと思えるの。だから、旅に出るの。竜退治をしようと思うの。だから、私もう、ロージーさんとは遊べない。でも、楽しかった。こんなドレスはじめて！　逢《あ》った人たちみんな優しくて素敵で嬉しかったわ。ありがとう。ロージーさんのおかげよ」

カーテンの向こうが、静かに明るくなっていく。

ドリーの言葉を聞きながら、ロージーはそれを感じていた。

そして目を閉じたままドリーの手を探って摑《つか》み、力を込めて握った。

「冷たい事言いなさんな」

「え？」

「竜退治なんて、遠くて大変でしょ？　苦難の道よ」

「……うん。わかってるけど」

「あたしみたいなのが一人いたらずいぶん助かるでしょ」

「……え？」

「旅行も行ってみたいしさ」

「本気なの？」

思わず起きあがってロージーの顔を見つめて言うドリーに、ロージーは薄目を開けてまじめくさって言った。

「知らないの？　最近おしゃれな女性の間で大流行なのよ、竜退治」

その冗談にドリーは吹き出して、お腹《なか》を抱えてしばらく笑った。

握った手は、ロージーもドリーも放さなかった。

第三章　旅立ち

ドリーとロージーは昼過ぎに起き出して、それからはあっという間だった。

ロージーは顔が広く、敏腕《びんわん》だった。

訪ねた知り合いの、家の仲介業者《ちゅうかい》に昼食をおごらせながら話をし、食後のデザートは場所を変え、仲介業者に加えて大工を呼んだ。

大工と仲介業者を連れて、昼から一杯と言いながらバーに立ちより、そこで飲んでいた庭師をさらに加えてドリーの家に向かった。

途中で古道具屋に寄って主人を呼び出し、ぞろぞろと歩いて着いたドリーの家の軒先《のきさき》では、マイヨールが眠っていない様子でうろうろしていた。

「どこ行ってたんだドリー！」

いきなり言われてドリーは面くらい、ロージーがドリーを後ろから抱きしめてにやにやと言った。

「見失う方が悪いんじゃなーい？」

マイヨールはロージーを睨《にら》み付ける。

「お前俺を撒《ま》いたろう？」

「方向音痴《おんち》なんじゃないの」

一気に悪くなった雰囲気《ふんいき》にドリーは戦《おのの》きつつ、ロージーを見上げて言った。

「あの、ロージー。けんか売ってる場合じゃなくて」

「あっぱれた。だって彼なんか生意気じゃない？」

「今は皆さん来ていただいてるんだから」

「それもそうね。じゃ、みんな、お願いね」

ああ、とそれぞれが言って、ドリーの家に入っていった。列をなして自分の横をすり抜けていく男達を止めようか、どうしようかと困惑するマイヨールを、ロージーは小馬鹿にしたように笑っている。

「さー困ったねーどうしていいかわかんないでしょー」

「……何なんだお前は！」

かみつくマイヨールに、ドリーは言う。

「けんかはあとにして下さいマイヨールさん。ロージーが悪いけど」

「んふふふふ」

ロージーは全く気にした様子もなく笑っていた。

やがて男達は戻ってきてロージーにあれこれ言い、ロージーはてきぱきと指示を出してドリーに了解を得る。そして仲介業者《ちゆうかい》は懐《ふところ》から巾着袋《きんちやくぶくろ》をひとつ出してロージーに渡し、ロージーは中身を確認して受け取った。

「ドリー、はいこれあんたのよ。今日あとで彼が書類持ってくるからサインしてね」

仲介業者はドリーに向かって礼をする。上品な微笑《ほほえ》みを浮かべ、敬意ある話し方をした。

「ドリーさん、それでは失礼いたします。ご不在の間は、私が責任を持って管理させていただきますから。何、こういう風情《ふぜい》のお屋敷は、間借り人が好むものです。心配なさらず」

それからドリーは全員と握手を交わし、男達は去っていった。

「さ、これで当座の路銀《ろぎん》はできたわ。あとは後で考えればよしと。開けて欲しくない部屋とか、使って欲しくないものとかは書いておけば任せていいからさ。彼は信用できるから。修繕《しゆうぜん》もするし、庭園の管理もね。今とは少しちがっちゃうかもしれないけど、それくらいはお代のうちってことでいい？」

「はい」

ドリーは感謝と尊敬を込めたまなざしで、ロージーを見つめた。

「ありがとう、ロージーさん。私一人じゃ難しかったわ」

「なんのなんの。まぁあたし顔広いから簡単よ。じゃぁ、どうかな、今日は整理やって、明日は旅支度《たびじたく》整えたらそのまま行こうか」

「はい」

それじゃ早速《さっそく》片付けをはじめよう、と意気込んで家に入ろうとする二人に、マイヨールが言う。

「ドリー。ちょっと、ドリー」

「なぁに？」

ドリーに近づいたマイヨールは、少し声を潜《ひそ》める。

「……あの女も一緒《いっしょ》に行くの」

「聞こえてるわよー」

少し離れた場所でロージーが言った。

「そのつもりよ」

「俺嫌だぜ」

その言葉にロージーはきょとんとした。

「じゃ、マイヨールさんは来なくてもいいのよ？」

今度はマイヨールが息を呑《の》んだ。

「お、俺は、陛下から仰《おお》せつかって君の護衛に来てるんだよ!?　そんなこと出来るか！」

「私が頼んだわけじゃないじゃない」

「だからって君とあれとだけで旅させるわけにはいかないだろ」

「あれって」

言ったのは少し離れた場所にいたロージーだったがマイヨールは無視をした。ドリーはマイヨールの目を見つめて告げる。

「……あのね、マイヨールさん。私、一人でだって行くのよ。だから、いいの」

そう言って、マイヨールを置いてドリーはロージーと共に家の中に入っていった。


一日手をこまねいていたら、突然現れたロージーにすっかりいいところを持って行かれてしまった。あんな女と一緒《いっしょ》に何かする気になど到底ならないマイヨールだったが、ともあれ一度王宮にある自分の宿舎に戻って、旅支度《たびじたく》をすることにした。

「ったく。何で、俺が。こんな。そもそも旅行とか好きじゃないのに、しかもあんな腹立つ女と一緒だなんて」

それでも全面的にドリーに頼られていれば、気分もいいというのに、ドリーはあの女べったりだし。

でも、ドリーにはついていないといけない。仕事なのだ。

さほど多くない荷物をまとめ、管理人に長く留守《るす》にすると告げて、外に出ようとしたとき呼び止められた。

「おや。マイヨールさん」

王宮にいくつかある、階段の途中の広場。陽だまりがあり、鳥が遊ぶ。小さな花壇《かだん》が作られ、石のベンチが置かれている。

そこに荷物を持って通りかかったという風情《ふぜい》で立っていたのは、眼鏡《めがね》と黒髪の痩身《そうしん》の青年だった。

「あ、イセさんおつとめご苦労様です」

王子の付き人であるイセを、マイヨールは見知っていた。親しくはないが、何度か言葉を交わしたし、何かの折の宴席で一緒になったこともある。

「殿下はどうなされたんです？　ご一緒では？」

言われてイセははい、と答えて続けた。

「殿下はただいま授業中ですので、私も自分のことを少し」

「それはそれは」

マイヨールの旅姿に、イセは苦笑する。

「手紙、拝見しました。竜退治に出かけるそうですね」

マイヨールは口の端を片方だけ上げて、肩をすくめた。

「なんだかね。まぁ、適当なところで切り上げてくれればいいなと思ってますよ。所詮《しょせん》お嬢《じょう》さんの悪あがきですから」

では行ってきます、と会釈《えしゃく》して、マイヨールは鞄《かばん》を肩に担《かつ》ぎ直して歩き出す。

それを見送って、イセがため息を吐いたとき、後ろから声がした。

「お前の試練とやらもたいしたことはなかったようだなイセ」

「わぁびっくりした。授業はどうなさったんですか殿下」

「腹を下したと言えば、抜けてくるのは造作《ぞうさ》もない」

ルフランディルはふっと笑って前髪をかき上げて言い、

「格好つけて言うことでもないですね」

とイセに言われた。

「そうか？　まぁ、窓からお前の姿が見えたのでな。何かあるのかと思ってちょっと抜けてきたまでだ」

「別に、私だって時間があれば勝手にちょろちょろしますよ」

「まぁお前が仕掛けた試練の結果が気になっていたものでな。好奇心ぐらい私にもあるさ」

「ちゃんと授業を受けて下さいよ。でないとどこかの学校にでも入れられてしまいますよ？」

「それは困るな」

そうでしょう、でしたら、と、イセが言う前にルフランディルは大仰《おおぎよう》にため息を吐いた。

「私も行くしかないか」

「は？」

「万が一にもあの娘にことを為されたらまずいからな。支度《したく》しろ、イセ」

「ちょ、ちょっと殿下！」

慌《あわ》てたイセの声が響くが、ルフランディルは振り向きもしない。

それでもイセは有能で、その日の夜には旅支度や手配を整えた。

「そういうわけですので父上、母上。ルフランディルは旅に出ます」

「宿題やれよ」

「歯を磨《みが》くんですよ」

夕食のあと両親に報告したら気の抜けるような言葉をありがたく頂戴《ちょうだい》した。

「父上も母上も、何かこう、この件に関しては鷹揚《おうよう》に過ぎると思わないか、イセ」

金髪の頭をかり、と掻《か》いてルフランディルは廊下《ろうか》でイセに言う。

「はー、まー、予算をたっぷりいただけたので私はもうそれで充分でございます。何しろ急ですからいろいろ手が回りませんが、現地で調達させていただきますから、わがまま言わないでくださいね」

「私がいつわがままなんか言った」

「はぁまぁはい」

軽く髪がほつれているイセはそれ以上言葉を重ねることはしなかった。

廊下の向こうから、何人かの供を連れて、ある青年がやってきたのが見えたからだ。

青年は礼儀《れいぎ》どおり、廊下《ろうか》の端に寄ってルフランディルのために進路を空《あ》ける。

「タズ兄上」

ルフランディルは青年を見て破顔《はがん》した。

「兄上はおやめ下さい、殿下」

青年はくすぐったそうに笑って答える。肩の下までの長さの金髪を、前髪も同じだけ伸ばしている。瞳は濃い青色。紺碧《こんぺき》といってもよいほどだった。

「殿下とか嫌だと言っているじゃないか、タズ兄上」

「いけないよ、ルフ。君はもう大人なのだから、私には臣下《しんか》として守らなくてはならない節度というものがある」

「だったら命令するから。タズ兄上は今までどおり僕に接してくれなくてはならない！　僕が十五になって、成人の儀《ぎ》をしたからといって、急に臣下とかになってはならないよ」

「困らせないでくれ、ルフ」

苦笑しながらタズと呼ばれた青年は言い、ルフランディルの髪を撫《な》でた。

「こうして君をルフと呼び、今までのように言葉を交わしているだけで私にとっては罪なのだ。分かってください殿下。お后《きさき》も決められたのですから、殿下はもう子供ではないのですよ」

「あれは僕の真意ではないもの。あんな娘嫌だ」

「殿下、いけませんよ。そんなことを言って」

　唇を突き出し、俯《うつむ》いている様はまるきり子供だった。そんなルフランディルに、柔らかく吐息を漏《も》らすと、タズは言った。

「旅に出られるのでしょう？」

「え。どうして知ってるんだ」

「イセ様があれだけ奔走《ほんそう》なさっていれば、耳に入ります。ねぎらって差し上げてください」

　ルフランディルが視線を向ければ、イセはわずかばかり照れたように視線を落とした。

「イセはそれが仕事だもの」

　ふん、と鼻を鳴らしてルフランディルがタズに向き直れば、イセはがっくりと肩を落とした。

「そんなことを仰《おっしゃ》らずに。旅の安全を祈願《きがん》しておきますよ。殿下。殿下のお年に見聞を広めるのはとてもよいことです」

　タズはそう言って微笑《ほほえ》んだ。

　タズは、ルフランディルの教育係だった。教える方ではなく、共に教わる方の。

「いずれお前の一番の臣《しん》になる男だよ。タズの方が年上だが、共に高め合いなさい」

父はそう言ったが、タズは常にルフランディルより少しばかり劣っていた。けれども優しく、卑《いや》しさもなく媚《こ》びたところもなかったので、ルフランディルはタズをすっかり気に入ってしまった。

兄上と慕《した》い、ルフランディルには友人もいなかったので、いつもタズと一緒《いっしょ》だった。

あの舞踏会《ぶとうかい》の前日の成人の儀で、式典を終えて出てきたルフランディルをタズは跪《ひざまず》いて待ち、顔を上げずに言った。

「ルフランディル殿下におかれましては、今日のよき日に成人の儀を迎えられましたこと、臣、タズ・エルドリアは心よりの祝福を申し上げます」

他の何人もの、ろくに言葉を交わしたこともない者達と同じようにそう言った。

ルフランディルはそれが悲しくて腹が立った。

……ひょっとしたら、あの娘に八つ当たりをしてしまったのかも知れない。

寝床《ねどこ》の中でそう思い、悪いことをしたなと一瞬思ったが、頑張《がんば》って取り消す。

迷惑な娘だ。

竜退治なんて。

成功したら英雄じゃないか。

けれどどうせできっこない。それを見届けに旅に出るのだ。

タズ兄上が臣下でなくて、兄上のままだったら一緒に……。

でもそうじゃないから考えても仕方ない。

ルフランディルは羽毛の布団《ふとん》を被《かぶ》って眠りについた。


やっぱりロージーは敏腕《びんわん》だった。

朝一番に、トウモロコシを山と積んだ馬車が、ドリーの家の前に駐《と》まる。

「ロージー！」

髭《ひげ》を蓄《たくわ》えた日焼けした年配の男が、御者台《ぎょしゃだい》に座ったまま声をかければ、ロージーとドリーとマイヨールはそれぞれ鞄《かばん》をひとつずつ持って小走りに家から出てきた。

「ありがと！　タマーカまででいいから頼むわね！」

とロージーが荷台の後ろに乗り、ドリーがよろしくお願いしますと頭を下げ、マイヨールは見事な作り笑いを男に向けてからドリーの隣に座った。

馬車はひとつ大きく揺れてから動き出す。

「お金なら俺が求めれば、城の係がくれるんだ。それで馬車と馬を買えば、楽に行けるのに」

マイヨールがぶつくさ言い、ロージーがドリーに言う。

「あらー、でもだってお金は節約しなくちゃー。ねー」

「だから節約しなくてもいいくらい調達できるって言ってるだろう」

「王様のお金は王子様のお金でしょ。そもそも税金なわけだし？　そんなもん使えないでしょ
ドリーは。そんなこともわかんないかな坊や」

「坊……」

坊や呼ばわりされて、マイヨールは絶句する。

ドリーはなだめるようにドレスの上からロージーの腿《もも》を軽く叩き、マイヨールに言った。

「王子様を裏切るための旅だから」

にっこりと笑ってそう言った。

タマーカからレドオールまで。

レドオールからダンハサンまで。

ダンハサンからメユンまで。

ロージーはどこでも有能で、ロージーについて行きさえすればドリーもマイヨールも、馬車の荷台の隅に無料で乗れたし、大抵《たいてい》は半額程度でそれなりの宿に泊まれた。宿がみつからなければ野宿になったが、幸い虫に悩まされるくらいの被害で済んでいた。

ロージーは暇さえあればドリーの爪を磨《みが》いたり、髪を梳《す》いたり、化粧《けしょう》の手ほどきをしたりして、ドリーは自分が読んだ本の話をしたりした。

あっという間に仲良くなったロージーとドリーの横で、マイヨールはひたすら面白くない思

いをしていた。

護衛とはいえ道中は平和だ。

我が国の治世《ちせい》は安泰《あんたい》だ。

現在の王は名君で、この実り多き国土がそれを明確に顕《あらわ》している。

そんなわけで護衛のマイヨールはひたすらやることがない。

「敵がいなきゃあ剣の用事もないもんな……」

喜ばしいことではあったが、マイヨールは面白くなかった。


タンナンテ。

看板にそう書かれてあるのが今度の街の名らしい。

荷馬車は市場に着いて、荷下ろしやロープの整理を手伝って、礼を言って馬車の主人と別れる。

「ふあーあ疲れたねぇ！　まだ時間早いけど、宿探そうか」

ロージーがうーんとのびをしたら、ごきばきと骨の鳴る音がした。その音に多少驚きながらドリーが言う。

「私、お腹《なか》がすいたわ。それとお手洗い行きたい」

「ああ、俺も」

常ならレディがそういうこと言うもんじゃないとかなんとか、マイヨールは窘《たしな》める。けれど、旅に同行していてそこの辺りを気兼ねされると大変困るのは想像できたので、ドリーとロージーに対しては率直《そっちょく》さを先行させた。

「オッケー。すみませんお姉様。このへんで安くてちょっとおいしい食堂なんかご存じありません？」

通りかかったこざっぱりした様子の、お姉様というよりは年のいった婦人に、ロージーは声をかけた。日傘《ひがさ》をさして、縞《しま》のドレスを着ていた。背筋がまっすぐで、ロージーに向けた顔に笑みはなかった。

「お姉様とはまた気を遣《つか》ったもんだね。おばさまと呼んでいいわよお嬢《じょう》ちゃん。食堂だけでいいの？」

「お嬢ちゃんだなんて気を遣って下さらなくて結構です。あたしはロージーという名ですのでそう呼んで下さいな。おばさまでしたら安くてちょっと素敵な宿もご存じですか？」

「安くはないけどだいぶ素敵な宿ならあるよ」

「惹《ひ》かれますけど、そう路銀《ろぎん》に余裕《よゆう》もありませんので……」

「なんだい。たまには贅沢《ぜいたく》をするべきだよ、ロージー。女だろう」

「目的のある旅ですから。旅が終わったらそうします」

　ロージーと婦人の丁々発止《ちょうちょうはっし》のやりとりに、ドリーとマイヨールは二人の顔を交互に見つめているしかなかった。

「おや、ご立派なことだね、ロージー。でもそんなんじゃ、花も香りが薄れてしまうというものさ。昨夜の宿はいくらだね」

「六クランクでしたわ。三人で」

「男物の下着一着分で三人かい。たいしたもんだ」

　呆《あき》れたようにそう言って、婦人は歩き出した。

　ロージーはため息を吐くと、ごっめん、他の人に訊《き》くよとドリーに言おうとしたが、婦人は少し行った先で足を止め、振り向いて言った。

「ロージー。なにやってるんだい。ついておいで。お連れさん二人も」

「は？」

「三人六クランクで、あたしの宿に泊めてやるって言ってるんだよ。それとあたしの名はフルーリー。おばさまでもいいけどね」

　フルーリーはそう言ってまた同じ調子で歩き出し、三人は顔を見合わせると慌《あわ》ててそのあとをついていった。

「いらっしゃいませ、ようこそホテル・フルーリーへ」

清潔で高級な制服を着た美しい青年が、そういって白い二階建ての大きな建物の扉を開ける。

「どうしたのほら、お入んなさいよ」

フルーリーは笑顔ひとつも見せずに三人に向かって言い、三人は緊張してかちかちになりながら足を踏み入れる。

「うわなんか足がふかってした」

ドリーが一瞬絨毯《じゅうたん》についた足を引っ込めて言う。

「当たり前でしょ。疲れてる人の足を休ませてやるのが宿の使命なんだから」

フルーリーはそう言って、記帳台へとすたすた歩く。扉を開けた青年が、ただ深々とその背中に向かって頭を下げた。

「どうすんだいほら、ロージー、ドリー、マイヨール！　字は書けるんだろうね。書けなかったらあたしが書いてやるからとっととおいで！」

「あっはい！」

三人の声が揃《そろ》い記帳台へと急ぐ。前払いだと言われてドリーは財布《さいふ》から六クランクを支払った。

通された部屋は二部屋続きの広い部屋だった。部屋付きの風呂《ふろ》もあった。テーブルには溢《あふ》れるほど花が飾られ、籠《かご》には果物《くだもの》が山盛りにされていた。

ドリーが四人眠れそうなベッドが二台あった。

つまり、全体的に綺麗《きれい》で豪華で清潔だった。

部屋まで案内してくれた青年に、ロージーは真《ま》っ青《さお》になって、それでもなんとか笑顔を作って言った。

「ええと、お代は……？」

青年は仕事用の整った微笑《ほほえ》みを浮かべて答える。

「当宿は、前払い制になっておりますので、食堂や他の施設のご使用がありませんようでしたらこれ以上のお支払いは必要ありません。室内に用意しました果物や飲み物は、室料に含まれておりますのでどうぞ、お楽しみ下さい」

マイヨールは呆《あき》れた視線で部屋をきょろりと見回して青年に訊《き》いた。

「フルーリーさんって、こちらの店主さんですか？」

「はい。当宿の主人です。あなたがたのような旅人を、月に何度かお連れになるのです。お食事を運ぶように言いつかっておりますので、少々お待ちいただけますか」

その言葉に冷や汗を流して視線を向けるドリーとロージーに青年は心得たように頷《うなず》く。

「もちろんお客様の注文ではございませんので、フルーリーさんのご厚意《こうい》でございます」

ロージーは驚いて瞬きしたが、ドリーの表情が変わらなかったので、青年はわかりやすく言った。

「無料でございますから」

　こういう部屋には慣れているらしいマイヨール以外、つまりドリーとロージーは部屋にある扉という扉、引き出しという引き出しを開けて歓声を上げて閉め、マイヨールはさっさと手と顔を洗って部屋の隅で着替えをして荷物の整理をしてくつろいだ。

　あまり間をおかず、食事が運ばれてきた。

　手を洗って着替えをしたドリーとロージーは、湯気の立つ食卓につく。

　給仕の青年は去り際言った。

「余計なこととは思いますが、お知らせしておきますと、フルーリーさんはふるまったものを楽しんでいただくのが心より好きな方です。どうぞごゆっくりお過ごし下さいませ」

　そんなわけで三人は遠慮《えんりょ》なく食べた。

　マイヨールは礼儀《れいぎ》を守って美しく、ロージーは楽しそうに、ドリーは空腹を埋めることと美味に酔いつつ卓上の食事を平らげる。

　そして食後の茶を飲んでいたら扉が開かれた。

「失礼するよ」

フルーリーだった。

やはりさっぱりした服を着て、背筋を伸ばしていた。

ドリーが椅子《いす》から立ち上がって、焦ったように言った。

「あのっ、お食事美味《おい》しかったです。お部屋も素敵で」

「ああ、いいのいいの」

「でもあのお花とか」

「この部屋はあなた達みたいな人を泊めるために用意してあるのよ」

ぽかんとする三人に、クッションを置いた椅子に腰を下ろしたフルーリーが言う。

「ロージー。あなたはいい宿の主人をひっかけたつもりかもしれないけれど、ほんとは逆だよ。あたしがあんた達を引っかけたのさ。さ、旅の事情を話しておくれ。足りない分の宿代だ」

相変わらずぽかんとしている三人に、フルーリーは続ける。

「あたしゃちょっと前に身体《からだ》壊しちまってね。それ以来好きな旅行にも出られない。だからちょっと毛色の変わったの捕まえて、話聞くのが楽しみなのさ」

「……でしたら、ドリーの話がいい」

ナフキンで口を拭《ぬぐ》ってマイヨールが言い、ロージーも言う。

「そう、ドリーのがいいわ。ドリー、話して」

言われ、フルーリーの視線と微笑《ほほえ》みを向けられたドリーは、何度もせわしなく瞬きをすると、もうほとんど残っていない紅茶を一気に飲み干して、語り出した。

「私、竜退治がしたいんです。それというのも王子様が私に結婚を申しこんだからなんです」

フルーリーは軽く身を乗り出し、瞳を輝かせて言った。

「ほう。それで?」

やがてそう長くもないドリーの話を聞き終えて、フルーリーは言った。

「ほんとか嘘《うそ》かは分からないけど、最近このタンナンテの街には奇妙な噂《うわさ》があってね。街の外れにある大きな木の根本に、願い事を言って、更にその願いを書いた紙を置いておくと、願いが叶うというのだよ。時間を作って行ってみるのもいいかもしれないね。さて、次は銀髪の綺《き》麗《れい》な兄さん。あんたの番だ」

「俺の話術に酔っていただければ嬉《うれ》しいです」

「余計な前置きはいらないよ若造。始めなさい」

フルーリーはきっぱり言い、マイヨールは一瞬顔をしかめてから笑顔を作って自分の話を始めた。

第四章　仕掛けるは罠、施《ほどこ》すは善行

　ドリー達の一週間前に、ルフランディル一行はタンナンテに着いていた。専用の馬車と要所ごとの換えの馬、潤沢《じゅんたく》な資金があれば、いちいち交渉《こうしょう》しての荷馬車の旅より断然日数が稼《かせ》げるのは当たり前だった。

　とはいえ王家の紋《もん》を掲《かか》げて移動したのでは目立ちすぎるので、お忍びという形でルフランディルは旅を続けていたのだが。

「追い越してどうする追い越して！　ええいまだ追いつかないのか！」

「追い越したんですから追いつきませんよ」

　長逗留《ながとうりゅう》になってしまった宿の一室で、ルフランディルは手近にあったクッションをイセに投げつけた。

「違う！　追いついて欲しいのは向こうだ！　あの娘ご一行だ！　私たちはこうして宿に腰を据《す》えているのだから、追いつくわけないだろう！」

　顔に命中したクッションが落ちてくるのを受け止め、ぽんぽんとふくらませて眼鏡《めがね》をかけ直しレイセは言う。

「まぁそうなんですけど。でもまぁ時間を無駄《むだ》にしているわけでもないんですからいいじゃないですか。陛下やお后様《きさき》のお耳に入れますよ、私は。殿下がこんな善行《ぜんこう》を為《な》されていると知ったら、お二方ともきっと感涙《かんるい》にむせぶことでしょう」

そう言ってまず自分が感涙にむせんだイセは机についていて、その机には種々多様な紙片が乗っている。小さいもの、大きいもの、高そうなもの、安そうなもの。無地だの柄だの切れ端だの。

そこにはあるいは素朴《そぼく》な、あるいは冷やかしの願い事が書いてあるのだ。

この街には大きな木がある。

タンナンテに到着してその木を見たルフランディルは、一計を案じ、同行の部下達に噂《うわさ》を流させた。願いを叶える木があると。主に旅人達にその噂は広まり、大木の中に身を潜《ひそ》めた部下が、すぐに叶う望みは叶えてやったら、噂は信憑性《しんぴょう》を増してあっという間に広がった。

イセはうっとりとクッションを抱きしめ、呟《つぶや》くように言う。

「下々《しもじも》のものの願いを聞き、それを叶える。それこそが施政者《しせいしゃ》のあるべき姿です。殿下のこの行為は小さいながら大変な意味を持つもの。このイセ、感激でございます」

うう、と感涙にむせぶイセをうっとうしそうに横目で見つめ、ソファに座ったルフランディルは横のテーブルに置いてあったミントの茶を飲んだ。

「ええい、これはそういうんじゃないと何回言ったら分かるんだ。いいか、彼女らが着くまでに、願いを叶えるなんとかという評判を作り出しておいてだな、そこに彼女の願いをかけさせるんだ」

「はいはい」

イセはどうでも良さそうに相づちを打ち、ルフランディルは気にせず続ける。

「きっと、竜を退治したいとか何とか言うに違いないから、よし叶えた、竜は死んだとか言ってだな。そしたら帰るだろ」

イセは眉《まゆ》を寄せて、おずおずと言う。

「あのー、王子。それで納得するものですかどうか」

「父上に進言して、別働隊をミオクに向かわせてもらっている。どっちにしたってミオクの竜退治は国策のひとつだ。この機会に本腰を入れてもいいだろう」

「今までダメだったものが、今回完遂《かんすい》できるとも思えませんけども」

「それならそれで、彼女も諦《あきら》められるんじゃないか。旅の途中で敗軍に出会ったら、心も変わるだろう。道筋は同じだ。要は、彼女が英雄にならなければいいだけの話なんだからな」

イセの返事がない。

視線をやってみたら、なんだか不思議な表情をしてルフランディルを見ているから、なんだか嫌な予感と共に鼻に皺《しわ》を寄せる。

「……なんだ」

イセはハンカチを取り出してまた涙にむせんだ。

「ううっ。色々周到《しゅうとう》に用意しててらして！　イセは嬉《うれ》しいです、十《とお》にもなっておねしょばっかりしてらした殿下がこんな」

「もうしてない！」

顔を真っ赤にしたルフランディルが目を剝《む》いて怒鳴《どな》る。

「だって、このイセが何度こっそりごまかして差し上げたことか」

「その話をもう一度でもしたら解雇《かいこ》だ」

ルフランディルに低く言われて、イセはぴたりと泣くのをやめる。そしてあっさりと願い事を書いた紙をより分ける作業を続け、終わらせるといくつかの山に分かれた紙をそれぞれ示した。

「えーと、今日のところは、病気を治して欲しいがこちらの山、恋愛関係がこれ、金が欲しいがこちら、試験に受かりますようにがこの山、その他がこれです」

「うん。じゃぁ昨日と同じだ。『病気治して欲しい』に、それぞれ薬を届けろ。『金が欲しい』にはそれぞれ3モースずつくれてやれ。『試験に受かりますように』にはそれっぽい鉛筆、『恋愛』には花を一輪だ。その他はいちいち見る気も起こらん」

「はい、そのように手配を。ああ、それと、礼状が届いておりますよ」

「礼状？」

「きんいろのかみのかみさまへ。こねこのタフィをどぶからたすけてくれてありがとう。タフィはもうげんきですからしんぱいしないでね……昨日どろどろでお帰りになられたのはこれですね」

ルフランディルは火がついたように真っ赤になると、勢いよく立ち上がった。

「願いの木のところに行ってくる。護衛にはキールを連れていくからお前は来なくていい！来るなよ！」

ハーイ、お気をつけてと送り出して、イセはまた机の上の紙片を取り上げて読んだ。

そのいくつかは子供の字で書かれた礼状で、おそらく願いの木にルフランディルがいた時に、すぐに願いを叶えたことに対するものだと思えた。

どれも、小さなことだった。

どれも、子供の字だった。

そしてすべてがきんいろのかみのかみさまに当てたものだった。

護衛や部下の中に金髪のものはいないから、ルフランディル自身が助けてやったいくつかの案件なのだろう。

部屋に一人座ったイセはその紙片を握りつぶして冷たく呟《つぶや》いた。

「あまり、こういうことはして欲しくないんだけどな」

願いの木、と、この一週間ほどで名を付けられた木には秘密がある。

裏の鬱蒼《うっそう》とした森から入り、ぎっちりと巻き付いた蔓《つる》を伝ってその大木に移ると、そこには人が三人も入れるほどの虚《うろ》があるのだ。

そこに身を落ち着けてしまえば、外からは見られずに、願いを聞くことも出来るし、隙間《すきま》から下をのぞき見ることも出来る。

「殿下、報告がありました。お待ちかねの一行が街に到着したようです」

虚の中で護衛のキールが耳打ちをする。

「そうか。来るかな?」

「来るでしょう。それと、子供が来ても今日は勝手に飛び出さないでくださいよ。護衛の務めが果たせませんから」

ああとかうんとか返事をして、気まずげにルフランディルは口を閉ざした。

別に飛び出したくて飛び出したわけじゃなくて、だって子供が手放しで泣きながら猫がどぶに落ちただの、母親の大事なものを無くしてしまっただの、妹の熱が下がらないだの言うから。

口の中でそんなことをぶつくさ言って、唇を尖《とが》らせて黙り込む。不審に思われてはいけない。

案外快適な虚の中で、なぜか行儀《ぎょうぎ》よく順番に一人一人来る願掛《がんか》けの言葉を聞く。

大抵《たいてい》はよくある願いだ。

金と恋と夢。欲と色と呪い。

あまりに愚《おろ》かしく、聞くに堪《た》えないような呪いもあった。そういうものは無視をした。

やがて、下を覗《のぞ》いていたキールが言った。

「来ました」

ルフランディルは跳ねるように身を起こし、耳をそばだてた。

マイヨールの話が終わったところで、店の青年がフルーリーを呼びに来た。

フルーリーは青年の話を聞くと、

「わかった、行くよ」

と言って、立ち上がり、また後で寄らせてもらうわと去っていった。

残された三人はほっと息を吐き、身体《からだ》から力を抜いた。

「緊張したわ。話聞いてもらって楽しかったけど」

ドリーが言い、ロージーが籠《かご》からオレンジを取って、強引に指で皮を剥《む》きながら頷《うなず》く。

「貫禄《かんろく》あるわよね。でも、こんないい部屋に食事付きで、太っ腹な人だわよ」

「おい、これを使え。女の爪が黄色くなるのは好きじゃないんだ」

マイヨールはそう言って、引き出しから備え付けのナイフと皿を取り出してロージーに渡した。

「あらありがと」

ロージーは受け取ると、オレンジを食べやすいように剝《む》いて皿の上に載せ、ドリーに渡した。

「マイヨールあんたも食べる？」

「一つもらう。それで、まぁ今夜の宿はここでいいとして、珍しく時間もあるなぁ。いつもは荷馬車の乗り継ぎか、でなきゃ夜になって動けないとかだから」

手渡されたオレンジの房《ふさ》を口に運んで、マイヨールは考える。

「あたし、髪切りたいな。理髪屋探してさ」

ロージーは傷《いた》んだ毛先をつまんで眺める。マイヨールも、自分の髪を触って思案気な表情になり、銀色の毛先を見つめたまま言った。

「ドリーは？　どうする？」

「うーん。そうね、石けんとか、お裁縫《さいほう》の糸とかもうないの。買いものに行くわ」

「じゃあみんなで街に行こうか。マイヨールはドリーと一緒《いっしょ》に動くでしょ。護衛だもんね。あたしはあたしで勝手にやるからさ」

そうと決まれば、と三人は重い鞄《かばん》を置いて宿から街に出た。まだ午後の早いうちで、空は快晴。少し暑いが空気は乾いていて心地《ここち》よかった。

そろそろ涼しい生地《きじ》のが必要になるかもと、ロージーは街の帽子屋に入ってあれでもないこれでもないと試着を楽しみ、結局比較的地味な旅用の帽子を買った。ドリーは小さな造花のついたものを選び、マイヨールは全鍔《ぜんつば》で、横が畳《たた》める帽子を選んだ。

「そういえばさ」

帽子屋を出て、立ち食いの屋台で鶏肉《とりにく》の串《くし》焼《や》きを買ったところでロージーが思い出す。

「フルーリーさんが言ってた願いの木って、行ってみる？」

奥歯で少し硬い肉をかみしめてドリーは視線を上げる。

「私は別にいいです」

「えー！　なんでー!?」

「ええ、なんで」

マイヨールとロージーに同時に言われてドリーは目を丸くする。

「なんでって、どうして？」

「だってあなた、目的のある旅じゃない！」

「そうだよ、願いをかけたらいいじゃないか。叶うって言うし」

「マイヨールさん赤からし取って」

手近にあった赤からしの容器を取って、マイヨールはドリーに渡す。ドリーは粉末の赤からしを少しだけ肉に振ってありがとうとマイヨールに返した。ロージーが身を捩《よじ》りながら言う。

「いや、行っておこうよー。つきあうよー。せっかくだしー」

「うん、俺もつきあうよ。あー、紙に願いを書かないといけないんだっけ。すみません旦那《だんな》さん、何か書くもの貸してもらえませんか。それで紙を一枚いただければ」

マイヨールが言うのに、店の主人はなんだ、願い事かいと笑って紙を三枚と鉛筆を渡してくれた。

「……ロージーとマイヨールさんがそんなに言うなら……」

マイヨールが差し出した紙と鉛筆を受け取って、ドリーは少し恥ずかしそうに言った。

屋台の台を借りて、願い事を書いて、三人でその願いの木に向かう。

願いの木はすぐに分かった。

町はずれに不似合いな長い列が出来ていたからだ。

店の前をふさぐ形で、列はあったのだが、店の方もしたたかで、ちょっとした飲み物や食べ物、綺麗《きれい》なペンや紙、みやげ物やお守りなどを作って売っていた。

「ねえねえあんた願い事ってなんなのさ」

「こらやめろ見るな」

ロージーがマイヨールの持った紙を覗《のぞ》こうとにやにやと手を伸ばし、マイヨールが避けようと身体《からだ》を動かす。

「お前だって何を願うんだよ」

「あぁら無粋《ぶすい》ね。そんなのは訊《き》かないの」

最初はただ仲が悪いだけだったこの二人も、旅を続けるうちに馴染《なじ》んできた。最初はマイヨールがもっとぎりぎりしていたが、今はもうさほどではない。

列は長かったが、動くのも早かった。

さほど待たずにドリーの順番が回ってきた。

その木は遠くからでも見えていた。

とても、とても大きな木だった。

裏はちょっとした森に続いている。林というよりも広くて深い。タンナンテの街はここで終わりなのだ。

願いをかける人々の間で、自然にルールは出来ていた。

一人ずつ、木の前に進み出る。

続くものは待っている。

願いは余人《よじん》に聞かせていいものではないからだ。

雑草が抜かれ、踏み固められた土を踏んで、ドリーも木の前に進み出る。

伸びた梢《こずえ》の下に入れば、外とは隔絶《かくぜつ》された感覚があった。

幾重《いくえ》にも重なる木の枝が、風に揺れて奏《かな》でる音はまるで楽団の演奏だ。鳥の声がそれに軽快なアクセントを添えている。木漏《こも》れ日《び》が揺れて、とても美しかった。

何十人かが手を繋《つな》いでようやく囲めそうな幹の下に、細い穴の空《あ》いた木箱が置かれていた。風で紙が飛ばないようにとの配慮《はいりよ》だろう。

ドリーはそこに願い事を書いた紙を落とし、胸の前で手を組んで目を伏せた。

「……私に親切にしてくれた、ロージーとマイヨールさん。旅の途中で手を貸してくださった皆さんが、どうか元気で、幸せに暮らして、そしていいことがありますように」

心の底からそう願って頭《こうべ》を垂れ、清々《せいせい》した気分で立ち去ろうとしたときだ。

「待て。本当にそれがお前の願いか」

慌《あわ》てたような声が木の中からした。

ドリーは驚いて目を剝《む》き、振り返る。

「……かみさま？」

「そう、そうだ。うんそう。神様だ。お前は、ええと、何か目的があって旅をしているのだろう？」

変な神様だなあと思いながらもドリーは首をかしげて答える。

「ええ。竜退治をしようと思っていますけど」

「だったらどうしてそれを願わないんだ？」

「だって、そんなの誰かに願うことじゃありませんもの。私がやればいいだけの話です」

木漏れ日の下できっぱりと言い放ち、ドリーは灰色の髪を翻《ひるがえ》して戻っていった。

眼前に誰もいなくなった木の虚《うろ》の中で、ルフランディルは茫然《ぼうぜん》とした。

「ばか、願えよ！」

とは流石《さすが》に吐息だけで叫んだが。

護衛のキールは顔をつるりと撫《な》でて愉快《ゆかい》そうに声を上げた。

「……っは！」

「何がおかしい」

「いやぁ。殿下の見る目はなかなか正しいかも知れませんよ？　いいお后様《きさき》になりそうです」

「知るかそんなもの！」

ルフランディルは吐き捨てる。

次に来たのはロージーだった。

紙片を箱に入れて、両手を組んで頭を垂れる。そして穏やかに呟《つぶや》く。

「あたしのかわいいお友達、ドリーが幸せになりますように」

ロージーが去って、マイヨールが来た。やはり敬虔《けいけん》に両手を組んで頭を垂れる。

「無事に旅が終えられますように」

キールを押さえて、ルフランディルが身を乗り出して言う。

「おい、マイヨール。貴様《きさま》、父上があの娘に派遣《はけん》した護衛のマイヨールだろう」

マイヨールはその言葉に驚いて、声のした方向を凝視《ぎょうし》し、それから、

「ああ」

と言って瞬きをした。

「ルフランディル殿下ですか。何をなさっておられるんですか」

「説明すると長くなる」

「一言で出来ませんか」

「うう、一言で言うと神様をやっているわけだが」

「……はぁ」

マイヨールは首をひねって相づちを打つ。

「えーと、まぁ神様はともかくあれですかひょっとして。ドリーの邪魔《じゃま》をしに旅に出ておられるわけですか？　なんか、その雰囲気《ふんいき》からすると」

「うう、まぁ、そうだ。そんなことはどうでもいい。どうしてあの娘といいさっきの女といい、お前といい、竜退治の完遂《かんすい》を願わないんだ」

いらいらと言われた言葉に、マイヨールは肩をすくめる。

「ドリーから、神様に話しかけられてこう答えたというのは聞きました。ドリーについてはそ

うでしょうし、ロージーの願いは知りませんけど、俺について言えば、あくまで俺はドリーの護衛ですから、旅の無事を願ったまでです」

「じゃぁもういいからお前、竜退治の完遂《かんすい》を願え」

焦《じ》れたルフランディルの言葉に、マイヨールは苦笑した。

「嫌です。神への祈りを誰かに強制されるなんて真《ま》っ平《ぴら》だ。俺の忠誠《ちゅうせい》は陛下《へいか》に捧げたものです。それだって、陛下は祈りを強制なさらないと信じて、いや、存じ上げているから出来ること。いくら殿下でも、陛下以外の命令では、俺は動きませんよ」

そしてマイヨールは立ち去ろうとしたが、振り向いて言った。

「ああ、じゃあお願いです。神様に。ルフランディル殿下がおとなしく城にお戻りになられますように。護衛や世話人の苦労にも考えを及ぼし下さいますように」

そして今度こそ立ち去りながら、後ろ向きで手を振った。

「あーでも、紙に書いていないから無効かしら」

呟《つぶや》きは小さかったが、虚《うろ》の中で腹立ちで真っ赤になったルフランディルには届いた。

「無効だあたりまえだ！」

マイヨールと入れ替わりに次の願いをかける人が来たので、ルフランディルはキールに耳元で

「殿下お静かに」

と制されて歯がみをするしかなくなった。

願いの木から離れて、三人は街に戻った。

ドリーとロージーが女物の小物を見ている間、マイヨールは店先で店の主人とうわさ話に興じる。

「それでね、あんた達も行ってきたっていうその願いの木なんだがね。金色の髪の少年の神様というのがいるらしいんだよ。子供がほら、泣きながら走り込んでくれば列なんか無視して入れてやるだろう? それで猫がどぶに落ちただの、姉さんが転んで動けないだの、大事なものを河に落としただの言うと、神様が木からお供を連れて飛び出してきてな。どこだ連れて行けと言って駆け出すというんだと。それで野次馬《やじうま》もついていくわけさ。そんだけ人手があれば、まぁ子供の願うことだ。なんとかなるわな」

昼から軽い酒を楽しんでいる店主は、マイヨールにも一杯勧めながら饒舌《じょうぜつ》に語る。

「あとはまあ、金が欲しいと書けば多少恵んでくれたり、病気だと言えば薬をくれたりだ。恋の悩みには花一輪ときて、気が利いてるんだが利いてねぇんだかな。どこの金持ちの道楽だかわからねぇが、まぁそんな長続きもしねぇだろうとみんな踏んでるのさ。だから、楽しもうってな。いきなりの祭りだ」

「……それにしてはみんな楽しそうですけど」

「当たり前だよ。安易だけど、まぁ、難しく考えることでもないわな。……本当に願うことは、そんないきなり現れた神様に頼むことでもないし」

「それは、そうですね」

マイヨールは酒を一口飲んだ。

本当に願うこと。

誰か、いなくなった愛する人を取り戻してください。

何かの悲劇の起こる前の日に、時間を戻してください。

失われて二度と戻らない日々を。

あがいてどうにもならない、けれど生きるためのことを。

心から憎《にく》むもの。

自分の命と引き替えてでも、相手の破滅を願うこと。

殿下。

マイヨールは心の中で語りかける。

なんのおつもりだかは存じませんが、神様ごっこは、皆が神様ごっこと知って面白がっているうちにおやめになられるのがよろしい。

だって、そんなのあなたにはまだ荷が勝ちすぎるから。

「神様なんか中止だ」

帰って来るなり布団《ふとん》を被《かぶ》ってベッドに潜り込んだルフランディルを見て、イセはどうしたんですかと訊《き》いたが答えたのは護衛のキールだった。

「あれまぁ」

一部始終を聞いたイセは呆《あき》れたように言った。

「でも、殿下。マイヨールさんとやらの言うこともごもっともですよ。私は旅は嫌ではありませんけど」

「中止したのは神様ごっこだ！　旅はやめんぞ！」

布団を跳ね飛ばし、ルフランディルはベッドに仁王《におうだ》立ちになった。

「そうだ、あの娘の旅が困難になればいいんだ！　そして私は王子！　イセ、ふれを出せ！あの娘を同行させたものには罰《ばつ》を与えるとな！」

キールはそれを聞いて表情を渋くすると、下唇を横にずらして言った。

「そういうの感心しませんよ殿下」

「いいんだよ感心しなくても。もともと感心されたくてやってるんじゃないんだから」

イセは少しぼんやりし、考えて、それからルフランディルに問いかける。

「……まぁ、私は殿下のご命令を遂行《すいこう》するまでですが、なにか、理由がないとふれも出しにくいんですがどうしましょう」

「あー。……もういいお前に任せる。面倒くさい」

そう言ってルフランディルはまたベッドに潜り込んだ。

「ルフランディル殿下」

従者の一人が慌《あわ》てた様子で駆け込んできた。

イセが振り向いて、

「なんだい？」

と訊《き》く。

従者はイセに小声で何事か言い、イセはお通しして、と言った。

「……何だ？」

布団《ふとん》の中からルフランディルは言い、イセはにこりと微笑《ほほえ》み、扉を開けた。

そして扉の外に向かって言う。

「お疲れ様でした」

「いや、そうでもないよ。いい馬車をいただけたのでね」

その声にルフランディルは跳ね起き、まっすぐに声の主に駆け寄った。

「タズ兄上！」

金髪と紺碧《こんぺき》の瞳の青年は、旅装姿《たびしょうぞく》で小さな鞄《かばん》を一つだけ持ち、胸の中に飛び込んで来るルフランディルを片腕で抱き留めた。

第五章　王子様のおふれ

フルーリーの宿でゆっくり身体《からだ》を休めた三人は、次の日朝一番に出発することにした。フルーリーに宛《あ》てた礼状を、宿の受付に渡して市場に向かう。石畳《いしだたみ》の道に、朝の薄い長い影が落ちる。天気も良くて気分がいい。

「だから、金がないわけじゃないんだから普通に辻馬車《つじばしゃ》とかダメなわけ？」

マイヨールの言葉に、ロージーは一瞬も考えずに返事をした。

「ダメよ。使ったらなくなるでしょうお金！　竜を倒したらそれで終わりじゃないのよ！　帰りもあるんだし、残ったら残ったでおめでたいんだから大事にしないと」

そう言い合って歩いていく間も、街のあちこちに人だかりがあった。

何か立て札を見ているらしい。

ロージーがその人だかりを見て立ち止まり、ちょっと行ってくると人混みをかき分けて中に入っていった。

「……ロージーってすごいよね」

つくづくとドリーが言う。

「まあね」

マイヨールが答える。

「ごめんね、マイヨールさん」

突然言われた言葉にマイヨールは瞬きをした。

「私が竜退治なんて思いついたから迷惑かけるわね」

ドリーは鞄《かばん》を持ったまま、まっすぐ前を見つめていた。マイヨールも前を見たまま答えた。

「案外楽しいから心配しなくていいよ」

ドリーはその言葉に安堵《あんど》した。嬉《うれ》しかったので、くすぐったいように笑って言った。

「ありがとう」

ロージーが戻ってきた。

その表情がかたい。

質問する暇も与えず、ドリーとマイヨールの腕を摑《つか》むと早足で路地に入りこんだ。

「荷馬車も辻馬車も無理」

低い声で言われ、ドリーは思わず問う。

「どうして?」

「ルフランディル殿下のおふれが出てた。あたしたち三人の似顔絵付き。似顔絵はすごい、ほんと似てないんだけどさ。とにかく銀髪の男と美人とかわいい女の子の三人組、それっぽいの一人ずつでも見つけたら最寄《もよ》りの王室関連施設に報告、拘束《こうそく》して引き渡したら二千モールですって。これ、旅してるひとには大打撃よ。手当たり次第と同じことよ」

マイヨールが思わずロージーに言う。

「手配書に美人とか書いてあったの？　ほんと？」

ドリーはぎゅっと唇を引き締めた。

「……王子様は、私が竜退治をしたら困るのね」

この中で一番みっともない娘。

「私が、みっともなくないと……一番価値がない娘でないと困るのね」

マイヨールは返答を避け、ロージーはまぁそうだろうけどとか歯切れ悪く言う。

ドリーは真っ白になるほど拳《こぶし》を握り、奥歯を噛《か》みしめる。

「腹が立つわ。私、王子様なんか大嫌い」

復讐《ふくしゅう》をしなくてはならない。

絶対に竜を倒してみせる。

「おふれはもう全国に出ていると思っていいのよね」

「……そうだな。王家の早馬は優秀だもの」

マイヨールが横目でドリーを見て言い、ドリーが頷《うなず》く。

「遅かれ早かれやらなくてはいけないことだと、考えていたんだけど」

真剣なドリーの瞳に、二人は吸い寄せられる。

ドリーは一本指を立てて続けた。

「竜退治は、ただミオクに着けばいいというわけではないわ。退治する方法を考えないと。旅の道すがら、あるいはその情報が手に入るかとここまで来たけど、結局今まで何もなかった。だから、一度寄り道をしてでも、情報を集めなくてはならないんじゃないかしら」

ドリーはそう一気に語ったが、ふとその顔が赤く染まり、視線が泳ぎ、立てられた指が力なく曲がった。

「……でも、あの、マイヨールさんは私の護衛だし、ロージーはつきあってくれてるだけだから関係ないか……」

「なによそれ。つきあってあげてる気はないけどね」

ロージーが偉そうに腕を組んでふんっと鼻息を吐いた。

マイヨールも腰に手を当て、小首をかしげて言葉を綴《つづ》る。

「まぁ、俺はドリーが今すぐ都に戻ってくれるならそれに越したことはないよ、そりゃ。でも、戻る気がないんなら、戻る気になってもらわないと、俺も都に戻れない。だから、やるだけやって諦《あきら》めてくれるか、でなけりゃ竜を倒してくれるかしないといけないわけだから、うん、ドリーのさっきの提案は歓迎だ」

二人の言葉を聞いて、ドリーは耳まで赤くなって俯《うつむ》く。

その唇が動いたけれど、囁《ささや》きは聞き取れなかったので、二人は眉根《まゆね》を寄せて耳を近づけた。

「一人で、行こうかとも。思ったの。……ずるい言い方、したよね」

言い直された言葉はそんなふうで。

ドリーは瞬きをしながら視線を上げて、ロージーとマイヨールを見た。

「……これからは、ちょっと、もっと、大変になるかも知れないけど。つきあってくれる?」

「あーもうわかってないなドリーは! あたしは流行に乗っただけだって言ってるでしょ? つきあってるもなにもないのよ!」

ロージーは大きく両腕を広げて言い、マイヨールも言った。

「俺は君の護衛だから。これが俺の仕事だからいいんだよ。……頼むから、逃げるなよ?」

そしてマイヨールはドリーの頬《ほお》を撫《な》でた。

「がんばりな」

ロージーはマイヨールの後ろで笑っている。

マイヨールの手はやっぱり少し冷たくて乾いていた。

ドリーは泣きそうになって俯いた。

「……ありがとう」

その場に落ちた感傷《かんしょう》的な雰囲気《ふんいき》を、わざと吹き飛ばすようにロージーは言った。

「ほら、でもどうしよっか。ともあれ町中にあたしらの顔は貼られてるわけでさぁ。似てないけど。どうやって抜けて、どこ目指す？」

マイヨールがロージーとドリーを頭から爪先《つまさき》まで見て言った。

「ロージー。服脱げ」

ロージーがぎくりと身を強《こわ》ばらせ、いかにも嫌そうに身をくねらせた。

「やだ、やっぱり。そりゃ同じこと考えたけどさあたしも。あんたの服にこの美乳が収まると思えないんですけど？」

マイヨールがきらきらと音がしそうに笑う。

「そのでかい尻で俺の素敵なズボンが破れないかが心配だけど、ひだを取ってある奴を一着持っていて心底よかったよ」

「マイヨールさんって、嫌みを言ってるときの笑顔が、作り笑いのうちなら一番素敵ね」

ドリーが心底感心して言った。

「今、あんたがたのくれた礼状を読んで、自分のおこないに満足してたとこなんだけどね。何で戻ってくるんだい。しかもそんな珍妙《ちんみよう》な態《なり》で？」

フルーリーが宿の一室で、呆《あき》れたように言う。

三人が宿に戻ってくるなり、宿の案内係がどうぞこちらへと導いてくれた一室だ。

半分は王家の兵隊が来るのを覚悟して、不安な思いで待っていたら、やって来たのはフルーリーだった。

わずかばかり焦《あせ》った様子で入ってきたが、三人の格好を見て、その視線は冷めたものになった。

マイヨールがロージーの服を着ていた。当然背中のボタンは留まらないから上からショールを巻き付け、短い髪をごまかすように帽子を被《かぶ》り、化粧《けしょう》をして。

ロージーがマイヨールの服を着ていた。いかにも胸と腰回りがきつそうで、髪をぎゅうぎゅうに帽子に詰め込んでいる。

ドリーもマイヨールの服を着ていたが、これはいかにもだぼたぼで、ベストの裾《すそ》が太ももの上まで来てしまっていたし、靴《くつ》もやたらと大きくてまるで道化《どうけ》のようだった。

それでも三人はそれなりに別人のようには見えた。

少なくとも手配書の三人には見えなかったがいかにも怪しい。

「こりゃまた、ずいぶんお粗末《そまつ》な変装だね。そんなんでよく賞金目当ての奴に捕まらなかったもんだ」

「ああ、やっぱりこちらにも手配書は回っていましたか」

マイヨールがため息と共にそう言って、額《ひたい》に指を当てたが様《さま》にならない。

「あんた達が出発したすぐ後にね。すまないが座らせてもらうよ」

フルーリーはそう言って椅子《いす》に座り、三人を見上げた。

「出発する前だったら行かせなかったんだがね？」

にやりと笑ったが、三人は驚くでもなく突っ立っていた。

「慌《あわ》てるくらいしなさいな」

ロージーが少し情けなく笑う。

「いやぁ、あたしらどうせ突きだされんならフルーリーさんがいいなって。報奨金《ほうしょうきん》が宿代代わりになるし」

「見損《みそこ》なうんじゃないよ。宿代は聞かせてもらった話で充分だと言ったろう！」

雷のような叱咤《しった》に、三人は身体《からだ》を震わせた。ドリーがおずおずと言う。

「……それにフルーリーさんなら、多分匿《かくま》ってくれそうだなあって思ったんです……」

フルーリーはきょとんとした顔をして、それから噴き出した。

「やれやれ。なんであたしが王家に逆らってまであんた方を匿うだなんて思うかね」

椅子の肘掛《ひじか》けに頬杖《ほおづえ》をついて言ったフルーリーに、それでも三人は苦笑に満ちた視線を送った。

「だって、それは……そんなのは……だってなんとなく……」

ドリーがそう言って、フルーリーはにやりと笑う。

「……あのね、確かにあたしは王家に忠誠なんか誓《ちか》っちゃいないさ。昔、王家の役人に言いがかりつけられて経営が苦しいってのにたんまり税金持ってかれたことがあってね。そんときゃ首でもくくろうかと思ったが、まぁ今はこうさ。そしてあんたらの話は結構あたしを楽しませてくれた。ドリー。竜退治行くんだろう？」

「はいっ」

ドリーは勢いよく頷《うなず》いた。

「ここからミオク方面にずっと行くと、あるいは役に立つかも知れない奴がいるよ。あたしがあんた達にしたみたいな事をずっとやってるからね。いろんな話が聞ける。ナンニタ山の中だそうだ」

「何をしてる人ですか」

「とりあえずあんたは顔を洗って化粧《けしょう》を落とした方がいいと思うよ、マイヨール。魔法使いだそうだよ」

「魔法使いぃ？」

ロージーとマイヨールが顔をしかめて言い、ドリーは瞬きをした。

「魔法使いなんて、どうせインチキじゃないの？」

「せいぜいが、薬草の知識持ちなくらいなんじゃないですか」

ロージーとマイヨールはそれぞれそう言ったけれど、ドリーは黙っていた。

フルーリーは三人を冷静に見てから口を開いた。

「……何か言いたいことがありそうだね、ドリー」

「あっいえ……」

「おっしゃい」

ドリーは困ったように視線を迷わせてからぼそぼそと言った。

「私の両親が、昔、王家付きの、魔法使いだったんです……」

「えー!?」

ロージーとマイヨールの声が重なった。

「あっでも、あの、魔法使いっていっても、煙出したり人を蛙《かえる》にしたり、魔神を呼び出したり、そういうおとぎ話みたいなことが出来たわけじゃなくて！　ほんとに、薬草の調合したり、昔の知識を書物から編纂《へんさん》したりとか、そういう」

ああ、そうなんだ、とロージーとマイヨールは納得し、肩から力を抜く。

フルーリーは苦笑する。

「まぁ、魔法使いとか名乗って、人をだます奴はずっと前から後を絶たないし、この国じゃぁ現国王の啓蒙《けいもう》活動のおかげで、魔法はおとぎ話の中だけの話ってことになってるけどね。確かに何人か、魔法使いって職業の人はいるのさ。ドリー、あんたのご両親もそうだったんだね」

「はい。馬車の事故で亡くなりましたけど……。一度国王陛下の使者様がおいでになって、お金を渡してくださって……」

あの日は、雨上がりの快晴だった。

葬儀《そうぎ》が終わって、伯母《おば》も帰って、ドリーは家にいた。

両親は留守《るす》がちだったから、一人で家にいることは珍しくなかった。

一人といっても、当時は使用人が何人かいた。

嬢《じょう》ちゃん元気を出しなさいねと、みんな泣きながら優しく言ってくれはしたけれど、彼らは彼らの生活があるから、やがてここを去っていくのは想像できた。

国王の使者は、客間の明るい窓を背にしていたから、まるで影のようだった。

「ご両親は国のための研究をなさっておいででした」

使者は何か言いたそうにしたが、口を閉じ、金の入った袋を置いて去っていった。父の日記を持っていったと、あとで使用人に聞いた。

両親がなんの研究をしていたのか、知りたいような気もしたけれど、あとは暮らしにただ流される日々だった。

金も値打ちものもすべて伯母に持って行かれた。最後の使用人は、出て行く前の一ヶ月で、家事の全てをドリーに教えていってくれた。彼女には今でも感謝している。

両親のことは努めて思い出さないようにしていた。

そう、両親は魔法使いだった。

魔法なんてないと、王家はおふれを全国に出したくせに。

思えばあの頃から王様とか嫌いだった。

「さて、あたしが紹介するのは、その魔法使いさ」

いかにも楽しそうにフルーリーは言った。

「真偽《しんぎ》のほどは定かじゃない。ただ、ここに来た客が話してくれたのは、杖《つえ》の一振りで凶暴なオオカミの群れを下がらせ、また、山津波《やまつなみ》を押しとどめた男のことさ。話してくれたのは、そうね、雰囲気《ふんいき》はドリーあんたにちょっと似てて、胸の大きさはロージーに似てる、好きな人に会いに行くんだって旅をしてた素敵な娘さんだったよ」

半信半疑といった表情でフルーリーを見つめる三人に、フルーリーは笑いながら言った。

「ナンニタ山の南側に住んでいて、名乗った名前は流浪《るろう》の美貌《びぼう》の大賢者《だいけんじゃ》」

ふふ、とフルーリーは笑い声を漏《も》らして続ける。

「どうだい、滑稽《こっけい》じゃないか。自分で名乗るには大仰《おおぎょう》すぎてさ。実際逢《あ》ったら惚《ほ》れちまいそうだよ」

その言葉にもドリーは笑えない。竜退治のための、その人は希望だ。

「……わかりました、行ってみます」

ドリーは頷《うなず》く。

「で、行くって、どうやって行くんだい。おふれが出てるのに」

フルーリーが投げた質問に三人は視線を交わす。

「まあ、その。変装して。とか？」

マイヨールが肩をすくめ、ロージーが、

「まあなんとか……馬車一台買っちゃうとか。なんとか」

と歯切れ悪く言う。

「どっちの線も薄いんじゃないかい。変装ったってそんなんだろ。馬車だって無事に手に入るかわかんないんだから。あんたたち何か芸は？」

唐突《とうとつ》に言われ、それぞれ驚いた後、まずはマイヨールが言う。

「曲斬《きよくぎ》りとかなら。あとはリルートーっていう弦楽器《げんがつき》が弾《ひ》けます」

「踊りくらいかな。横笛も吹けるけど、そっちはたしなみ程度」

ロージーが少し恥ずかしそうに言う。

ドリーは色々考えたが出てこなかった。

「……っと……」

何もない、とは言いたくなくて、言葉を探す。

「ドリーは踊りと歌がとても上手《じようず》よ。練習すればもっとね」

思いもかけないことを言われて、ドリーが向けた視線の先で、ロージーはにこにこしている。

「最初の夜に一緒《いっしょ》に遊び回ったじゃない。あのとき、上手《うま》いなって」

「……そ、そう、かしら……？」

恥ずかしさと嬉《うれ》しさで顔を赤く染めてドリーはロージーを見つめる。

「でもまた何でそんなことをお訊《き》きになるんですか？」

マイヨールが冷静に言って、フルーリーはにたりと微笑《ほほえ》んだ。

「来年からはここで芸人の演《だ》しものをやってもらうつもりでいるんだ。うちの専属《せんぞく》でやってもらうから、よそから募集するよりうちで育てた方が手っ取り早いだろう。それで力をつけてもらうために巡業に出そうと思っているのさ。三人増えてもなんとかなるさ」

フルーリーがぱきり、と指を鳴らす。

扉が開いて、旅支度《たびじたく》を調えた、立派な髭《ひげ》のえらそうな男が現れた。

フルーリーは三人に魔女の様な笑みを向けて告げた。

「働いてもらうよ。覚悟しな」

がたがたと、馬車の車輪が石畳《いしだたみ》を踏む。

本を開いたタズが、その揺れに合わせるように鼻歌を歌っていた。

「……たとえ今夜が嵐でも、雲の上には星と月があり、同じ嵐の中にはあなたがいてくれる。

それだけで私は、安らかな眠りに包まれる……」

「いい歌だね、タズ兄上」

ルフランディルの言葉にタズは苦笑する。

少し恥ずかしそうに手を振った。

「続きは？」

ルフランディルはせがむように言ったがタズは首を横に振った。

「忘れてしまったよ」

「そうか」

残念だ、とルフランディルは呟《つぶや》いて物思いにまた沈んだ。

報奨金《ほうしょうきん》をかけて、国内全てに手配書は貼り出した。

だというのに一向にドリー達三人の足取りは掴《つか》めなかった。

移動の豪華な馬車の中で、ルフランディルは背中に当てた絹張《きぬば》りのクッションにもたれかかりため息を吐く。

「どこに隠れたんだあの娘は。忌々《いまいま》しい」

手配書に書かれた似顔絵を見ながらルフランディルは吐き捨てる。こんな顔だったろうか？

思い出せない。そうか、灰色の髪だったのか。そうだったか？

「まぁ、目的地は一緒《いっしょ》なんだ。どこに身を隠したとしても、ミオオクにいれば、やって来るだろう。だから、ルフはルフで、心おきなく見聞を広めるのがいいよ」

ルフランディルのたっての願いで、タズは口調を昔のようなくだけたものに戻している。

「うん、まぁね。……でも兄上、あの手配書なんだけれども。あの手配書の指示を出したのは兄上なのだよね？」

「そうだよ？」

轍《わだち》が回り、石を踏めば一際《ひときわ》はっきりした揺れが車内に伝わる。

「父上が護衛としてつけた人間までは手配することはなかったんじゃないかな。それに、結局罪名を書いていないから、何をやった人間だかわからない。愚《おろ》かな奴は人でも殺したのではないかと考えやしないかな？」

「ルフ。疑問があるのならすぐ、手配書を撤回《てっかい》しなさい。私がしたことを、君は受け入れる必要はないのだよ。私はあなたの臣下なのだから」

穏やかに、諭《さと》すようにタズは言い、ルフランディルは慌《あわ》てて身体《からだ》を起こした。

「ああ、違う、そうじゃないよ兄上。ただ、なんと、いうか……国民の考えることは、よくわからないから。でも、まぁ、悪く考えることもないか」

「なるようになるだろう。さあルフ、勉強の時間だ。ちょうどいい、これから向かう土地土地の歴史や名産、特徴や気候などを覚えよう。それが終わったらアルカン語だ。がんばろう」

ルフランディルは甘えた調子で、ええ、と不満げな声を上げ、タズは短く笑った。

「途中、寄りたい場所に寄るのもいいだろう。そのためにも、知識は蓄《たくわ》えなくてはならないよ、ルフ」

季節は巡り、移動もした。

暑い夏を越え、残暑の頃になっていた。

ドリー達の足取りは相変わらず摑《つか》めない。

ニーラという村はいい馬の産地で、眺めも良く野菜もうまいというので、ルフランディル一行はしばらく逗留《とうりゅう》することにした。馬の飼育の方法や買い付けの仕方を学び、よい馬飼いとの出会いを求めるのも悪くはない。

あいかわらずお忍びの旅で、馬車についた王家の紋《もん》も隠したままだ。

タズはイセを同行して外に出ることが多かった。ルフランディルは、旅の間は身の回りのことを自分でしてごらんとタズに言われてからは極力そうしていた。案外面白いものではあった。

そうしてしまえばイセはやることが少なくなったので、タズの仕事の手伝いをすることになった。

ルフランディルに同行するのは、護衛のキールの仕事になった。

タズはイセを従えて忙しく飛び回り、行けるところには経験と称してルフランディルを極力同行させている。けれど今日の馬主とは馬の値段を巡って厄介《やっかい》なことになっている、不愉快な思いをさせたくないからと、ルフランディルを残して出かけていった。

「つまらないなぁ！　タズ兄上は忙しいんだもの」

まるで子供のように言ったルフランディルに、護衛のキールは苦笑する。

「ではこのキールと山歩きでもしてみますか。もちろん危険なことはなしですよ」

キールの言葉にルフランディルは目を輝かせて頷《うなず》いた。

王都の王子はあるいは顔を知られているかもしれないから、とルフランディルは変装を提案され、従った。外を自由に歩けるのならそれくらいの譲歩《じょうほ》はなんでもない。

肩に落ちかかる巻き毛をきつく結い、顔に色粉《いろこ》を塗りたくられる。不安げに顔を指で触れるルフランディルは、油で落とさないと落ちないやつですからご安心くださいと笑われた。髪を隠す帽子を被《かぶ》り、庶民《しょみん》の子供が着るような服を着る。それでもずいぶん上等のものだったが、いつもルフランディルが着ているものと比べたら、やはり庶民のものだ。

そうしてしまえばもう誰も、これが王子とは分からない。

鏡の中の自分に楽しげに笑って、ルフランディルは意気揚々《ようよう》と山に出かけた。

キールほか何名かの護衛たちは、まるで年長の従兄弟《いとこ》か兄弟達のように、ルフランディルを囲んで山へ向かった。

山は登るにつれ、夏の濃い緑から、薄い紅葉に変わる。

日差しに焼かれ香り立つ草も、歩を進めるごとに背が低くなっていく。

道に梢《こずえ》を伸ばす木々からは木漏れ日《こもれび》が降り注ぎ、通る風は清涼でかぐわしい。鳥の声や獣《けもの》の鳴き声が遠く近く響き、そのたびにルフランディルはあれはなんだと訊《き》き、供の誰かがあれは鹿の鳴き声ですなどと答えた。

はじめは行き交う人も少なくなかったが、やがて道が細くなってきて、誰に会うでもなくなり、明るかったはずの青空が白く濁《にご》ってきた。

キールが見上げた視線の先には、斜面をかけるように降りてくる白い雲があった。

「霧《きり》が来ます。殿下、私と手を繋《つな》いでください」

手を伸ばされたが、ルフランディルは首を横に振った。

「子供じゃない、平気だよ。気をつけてついていくし、お前の服は目立つ色だしな」

一行はキールの赤い上着に短い笑いを立て、キールは苦笑して手をひっこめた。

そう話している間にもルフランディルたちを霧はあっという間に包み込み、そして濃度を増していく。

「しばらく歩けば、霧の上に出ると思います。そうしたらそれは素晴らしい景色をお見せできるかと思いますよ」

供の一人がそう行って慎重に歩き出し、一行は言葉少なに白いばかりの霧の中を歩く。

一秒ごとに視界は白く埋め尽くされる。

それでも風の揺らぎに乗って、たまさか視界がわずかに薄く晴れることがある。

その晴れ間に、ルフランディルは何か、目が覚めるようなオレンジ色のものを見つけて、ふらりと数歩を踏み出した。

あるはずの地面がなかった。

あっという間に上下が分からなくなり、全身をあちこちに強くぶつけて谷底に転がり落ちて気絶した。

そして大粒の雨が落ち始めた。

第六章　ナンニタ山の魔法使い

腹と胸だけが暖かい。

他の全身は濡れて冷たい。皮膚《ひふ》の何カ所かが、鼓動の度《たび》に熱い。

湿気《しけ》た、どこかいい香りがした。

ぜぇぜぇと苦しそうな呼吸がして、揺れている自分に気がついた。

誰かに背負われて、引きずられているのだ。誰かは、自分の両手首を身体《からだ》の前に回して摑《つか》み、前屈《まえかが》みになって歩いている。

目を開けようとして激痛が走り、ルフランディルはうめいた。

揺れが止《や》んだ。足が止まったのだろう。

全身を打つ水滴は、水しぶきか雨か判断がつかない。

苦しそうな呼吸をなんとか整えて、背負う人間が言った。

「目、覚めたの」

塊を吐き出すような声。

よほど無理をしていたのだろう。

「目が」

ルフランディルが言うと、

「え？」

と腹立たしそうに訊《き》き返された。疲労で潰《つぶ》れているが少女の声だ。

「目が見えない」

「そう。目は覚めたのね。じゃあ立って歩いて。手を引くから。背中から降りて」

言われて両足を地面につけると、足下にどさりと音がした。

「おい」

手を伸ばすとぐっしょりと濡れてなお熱い身体があった。へたりこんでいる。

「重たいのよあなた……」

怒りを込めて言われた言葉になんと応えていいのか分からない。

「すまん」

そう言って、背中を撫《な》でる。

「背負って歩いてくれたんだな、ありがとう。すまなかった」

しばらく呼吸を整える間があって、それから少女は立ち直した。音と、動いた空気が教えてくれる。

近くで沢の音。そして雨の音がする。

「川が、雨で、水かさが増して。今も、もっと離れないと危ないわ。あたしが、みつけなかったら、あなた、流されそうだったから」

「そ、そうなのか。見つけてくれてありがとう。助かった。大丈夫《だいじょうぶ》か？　君、女性だろう。僕より小柄だろう？　大変だったろう。すまなかったね」

ルフランディルは自分の身体《からだ》の痛みを感じながらも、少女の親切にうたれて素直に言った。

「……とりあえず、ここを乗り切ってしまいましょう」

少女の声音《こわね》は和《やわ》らいだ。

ルフランディルは手を取られた。

柔らかい、小さい、冷たい手だった。

「私の手をけっして離さないで」

「うん」

強く、手を握りあった。

ぬかるんだ斜面を、滑りながら行く。

少女の言葉と手を伝わる力だけが頼りだ。

時々、自分が、あるいは少女が足を滑らせ、相手を引っ張るただの重しになって、上ってきた道のりを無駄《むだ》にしようとするけれど、手を離さない。そして強く踏ん張れば、運良くそこに木の根があったりした。

雨の中、励《はげ》まし合って進む。

身体は痛いが、弱音を吐いてはいられない。

一歩一歩登っているのに、沢の音とは離れていかない。迫っているのだ。

「もう少し。もう少しよ。頑張《がんば》って」

「ああ」

荒い息で短く言い合う。

長い長い、少なくともそう感じる時間の後に、ふと、引っ張る力が弱くなり、ぬかるんではいるが平坦《へいたん》な地面に立った。

横で少女がどすりと座った音がした。

「座っていいわ。泥になるけど」

咳《せ》き込むほど荒い呼吸の中で言われ、ルフランディルは言葉の意味が分からない。

「道に出たの」

安堵《あんど》の色濃い調子に、ルフランディルも崩《くず》れるようにへたりこんだ。

雨はまだやまない。

二人はしばらく座った後、どちらからともなく立ち上がった。

全身が重い。

息をするのに雨が邪魔《じゃま》だ。

「雨宿りを、出来る場所を探しましょう」

少女はそう言ってルフランディルの手をとった。

ルフランディルはその手を握りしめた。

しばらく、言葉もなく歩き、ふと手を横に引かれた。

「どうした」

「家があるの。軒先《のきさき》を借りられるかも。うまくしたら乾いたタオルを一枚とか借りられるかも知れないわ！」

乾いたタオル。

その甘美な響きに、ルフランディルの足は速まった。

丸太を埋めて作られた木の階段を上り、硬い、石の埋められた道を過ぎる。

少女が扉を叩く。

そこはすでに軒が出た場所で、雨から逃れられてルフランディルは手のひらで顔を拭《ぬぐ》い、長い息を吐いた。

「ごめんください。どなたか。ごめんください」

少女の呼び声に中で物音がして、少し間があってから扉が開けられた。

中から、ほんのわずかに没薬《もつやく》の香りがした。

何故そんな高価な香料の香りがするのか、ルフランディルには分からなかった。

「なんだァ？　逢《あ》い引《び》きの最中遭難《そうなん》したの？」

男の声で呆《あき》れたようにいきなり言われ、ルフランディルは何を言われたか分からなかったが、少女は少しむきになったように言った。

「違います！　私とこのひとは、さっき逢ったばっかりで」

「あっヤダ、最近の若いのってすすんでる。さっき逢ったばっかでそんな」

「すみません、ちょっと体力的に余裕《よゆう》がないので、ほんとすみません」

「ああ、まぁ。お入んなさいよ」

「泥が」

「落ち着いたら掃除《そうじ》してくれ。入りな。お疲れ。大変だったな」

いたわりのある声音《こわね》で言われ、少女はほっと息を吐いた。ルフランディルも安堵《あんど》した。

手を引かれて中に入って、背後で扉が閉められたのを知る。

「着替え、出してやるから待ってろ。あとタオルと」

「ありがとうございます。雨が上がったら洗濯《せんたく》してお返しします」

「あーうん。彼氏は目が見えないのか？」

突然言われ、ルフランディルは頷《うなず》く。

「川に、滑り落ちたときに」

説明をし、どれ、と顔を持ち上げられる。瞼《まぶた》や目尻を触られ、瞼を指で持ち上げられる。痛みに顔をしかめたが、ちょっとは我慢しろと言われた。

「ヤンズの葉でこすったな。待ってろ。嬢《じょう》ちゃんはこっちだ。レディの着替えは隠してやってくれねぇと、のぞき甲斐《がい》がないからな」

「十年くらい後なら、お見せできるものもあるかとは思うんですけど」

「んじゃ十年後を楽しみにしてるよ」

少女はその言葉に明るく笑った。

男の言っていることは下品だが、しつこくなく、品のある笑いに彩《いろど》られていたから聞いていても嫌悪《けんお》感は全くなかった。

そして言葉の調子には、なにか軽妙な響きがあって、それが少女を安心させたのだろうとルフランディルは思った。ここに来るまで何ひとつ、自分は少女にしてやれなかった。あんな明るい声を出させることも。

そう思ったら長いため息が出た。

男はルフランディルにタオルを渡すと、部屋の奥で何かをし、少しの間の後戻ってきた。瞼の上に冷たい軟膏《なんこう》のようなものを塗られる。思わずびくりとしたルフランディルに、男が笑う。

「びっくりしたか？　まぁちょっとの我慢だ。ヤンズの葉っていうのはな、触るとかぶれるんだ。ま、目の端かすったくらいだ。すぐ治るさ。俺様の作った薬はとても良く効くからな。……ところで、そのまんまだと俺様の素敵なお部屋が大変なんだが。服、脱げるか？」

「あっ、ああ」

そうか、と、慌《あわ》てて、水と泥を大量に吸って、どっしり重たい服をなんとか脱ごうとする。

だが、自分の服ではないし、自分の服だって全部自分で着たことなんかないのに、目も見えないし脱ぎ方が分からない。

おろおろと服を撫《な》でるばかりのルフランディルに、男が呆《あき》れたように言う。

「なんだどこの王子様だ」

「何故知っている」

しまった。

言ってしまってぎくりとする。

忍びの旅だし、護衛もいないというのに身分を明かしてどうする。

「へー王子様なんだふーん」

呆れたように言われ、ぱかんと頭を叩かれた。

「じゃぁ俺が服脱がさせていただいて奉《たてまつ》り候《そうろう》ってイイ？」

「……」

からかわれているのかなんなのかわからない。

どう反応していいか分からない間に、服を脱がされていく。

「あー。つまんね。なんで君、ボインのおねぇさんでないわけよ。むちむちの年増《としま》でもいいけど。何で俺様が、こんなガキの着替えしなきゃないんだ。昔はそりゃ、ガキ共の面倒見てたからしないでもなかったが、なーんでこんな。あーあー、俺、男色《だんしょく》の趣味もあればよかったなー。ほんとつまんね。足上げろほら」

言われて従い、下を取り払われて、湯で暖かく湿らせたタオルを手に押しつけられた。

「身体《からだ》は自分で拭《ふ》けよ。服はたらいに入れて外に置いておくから」

「……ああ。……すまん」

自分の肌に当たる温かいタオルはひどく心地《ここち》よく、綺麗《きれい》になっていくたびに生き返るような気がした。そしてそのたびに全身が痛み始めた。男の足音と気配が忙しく響く。

「ほい、拭いたら傷の手当てしてやる」

当然のように言われ、ルフランディルは驚いた。もはや身体のあちこちが立っていられないほど痛い。

「君、親切なんだな」

「もちろんだ。ものすごくいい奴だからな俺と来たら」

男は戯《おど》けるでもなくそう言った。


何故か目が覚めたら朝だった。

知らない部屋だった。

鳥の声やカーテンから透ける日差しで朝だと分かったが、何故朝なのかが分からない。

瞬きをし、室内を見回す。

あ、見えている。

そう気がついて、ルフランディルは安堵《あんど》の息を吐いた。

そして寝返りを打ったらなんか柔らかかった。温かかった。

急いで少し離れてみたら、そこには灰色の長い髪の少女が眠っていた。

大きな男物のシャツを着ていたものだから、細い丸い肩が丸出しで、胸元も少し見えてしまっていた。薄い瞼《まぶた》が閉じられていて、まるで花びらみたいだ。緩《ゆる》いリズムの寝息が漏《も》れる唇は、熟れた桃の剝《む》いたところを連想させた。食べたらどんな感じなんだろう、と思う。

綺麗《きれい》な肌だ。

夜会の貴婦人のようなそれではなくて、少し日焼けはしているけれど、整った肌だ。

眉《まゆ》が、とてもいい形をしていた。鼻も。

なんだろう。

この花のようなものはなんだろう。

花に比べたらどっしりとして柔らかくて暖かくて。

でもお花みたいだ。

綺麗だ。

かわいい。

撫《な》でたい触りたい触《ふ》れたい。

触《さわ》れるところは全部触りたい、体温だって触れて知りたいし、きっと柔らかい毛が生えている首の後ろにそっと指を入れてみたい。

胸元に綺麗な真っ黒な羽根の形。なんの飾りだろう。きれいだな。

でも、ほっぺたや唇が、呼吸の度《たび》にほんのすこしだけ動いているから、触れてみたくて。

起きるかな。

そっと、そうっと手を伸ばす。

もう少しで頬《ほお》に触れる。

ドキドキする。

きっとすごくやわらかいぞ。

息を詰めて指を伸ばして。

「おいこら王子様」

ものすごい勢いでルフランディルは少女とは別の方に転がってベッドから落ち、したたかに身体《からだ》を打って悶絶《もんぜつ》した。

ぴくぴく震えるルフランディルに、入り口の扉のところにいた男はいかにも見下したような視線を浴びせながら言った。

「ご朝食の用意が出来ましたてまつりましたけど、食う？　つーか、平気？　ってか、若いねぇ。甘酸《あまず》っぱいねぇ。いいねぇ。遠い青春の日を思い出すよ」

「……！　……!!」

身体を打った痛みをごろごろ転がりながらごまかし、ルフランディルは涙目で男を睨《にら》み付ける。

男はにっこりと微笑《ほほえ》み、手をさしのべた。

「大丈夫《だいじょうぶ》？　まず、トイレ行く？」

その手を摑《つか》んで立ち上がり、

「ああ、そうさせてもらおう。場所を教えてくれ」

とルフランディルは小さく言い、男は肩をすくめた。

「冗談も通じないほど王子様だな」

「何がだ」

男は答えず外に出て静かに扉を閉めた。

「便所はあっち。彼女は起きるまでそっとしとこうぜ」

「……うん。あんな細い肩で、沢に落ちた僕を見つけて道に引き上げてくれたんだ。休ませてあげたい」

「お前ら二人、着替えてたら床に倒れて寝ちまってたんだ。疲れてたんだろ。ほら、早く便所行って飯食ったらお前洗濯《せんたく》しろ。あの子の分と自分の服」

ルフランディルはきょとんと男を見つめる。

「洗濯？　私が？　どうやって」

男は頷《うなず》いて、身体の前で握った両手をこすり合わせた。

「こうやって」

「へえ！　洗濯はこうするのか面白い面白い！　泥がどんどん流れていくぞ」

家の裏を下ったところにある結構な水量の沢に作られた洗濯場で、ルフランディルは楽しげに、服を持って水につけた両手を動かす。そうすれば手の中にある服がどんどん綺麗《きれい》になっていった。

パンと魚とチーズと水の食事を終えて、男に洗濯物の入ったたらいを持たされてやってきたのがここだ。

子供のようにはしゃぐルフランディルの横で、手製のものらしい木の橋に腰掛け、男は煙管《きせる》に火をつけて煙草《たばこ》をふかした。

男は青年だった。鉄色の長い髪をして、後ろで一本に結んでいる。ボタンで留めるシャツとズボンと布の靴《くつ》。国内ではあまり見ないような人種だとルフランディルは思った。

「泥をあらかた流し終わったらな、横の缶《かん》の中身が粉の石けんだから。ひとつかみ入れて、そうそう、んで、まとめて踏め」

「ああ」

水は冷たかったけれど、よく晴れた日で日差しが熱いほどだったから心地《ここち》よかった。洗濯物《せんたくもの》の上で足踏みをしながら、ルフランディルは男に言った。

「あの、ありがとう。とても助かった。着替えまでさせてくれて、ベッドも」

「いやーぁ、いいもん見せてもらったぜ。いいね、なんていうの青春？」

キヒヒヒと笑われ、ルフランディルは真っ赤になって俯《うつむ》いた。

「からかわれると困る。だって、なんというか……その」

言われ、男はがりがりと頭を掻《か》いた。結った髪がほつれたが、気にした様子もない。

「真面目《まじめ》だねー少年」

「からかわないでくれと言ったぞ」

困ったように言われ、男は笑う。

「悪かった。な、お前名前は？」

ルフランディル、と言おうとしてやめる。

イセに言われていた。

これはおしのびの旅ですから、殿下は殿下としてあってはなりません。仮の名前を決めましょう。

音の最初と最後を取っただけですから、そう違和感もありませんでしょう？

「ランディ……」

「ランディね」

何か変だったかな、と思いながら男の顔を見る。

男は煙を吐いて煙管を軽く動かした。

「足、止まってるぞ。石けんが流れきっちまう」

「あっ」

慌《あわ》てて足を動かす。

「大店《おおだな》の息子かなんかが山登りって服だったけど」

そう訊《き》かれて、ルフランディルは心底安心した。これならこの男に嘘《うそ》を吐かなくて済む。服のことだもの。私のことではないもの。

「ああ、そうなんだ。霧《きり》で、道を踏み外してしまって、供のものとはぐれて」

「うん。ひどい怪我《けが》だった。よく歩けたもんだ」

「……そうか？　でも、今はそんなに痛くない」

こうして足踏みをしていても痛くない。

「君が手当てをしてくれたからか？」

男はまんざらでもなさそうに笑って、自分の二の腕を叩いて見せた。

「医者か？」

「いいや。魔法使いさ」

日の光の中で男はにやにやと笑う。ルフランディルはその笑顔をじっとみつめる。

「魔法は、ないはずだ」

「ここじゃそのようだな。俺はここの人間じゃねぇからな。どうだ魔法を見せてやろうか？」

「……うん」

疑念で一杯になりながら、ルフランディルは頷《うなず》く。

男は煙管《きせる》の煙を吸うと、口から輪になった煙をいくつもいくつも吐き出した。

「おお！　すごいすごい！」

はじめて見た現象に、心の底から驚いたルフランディルに男は笑った。

「口の中で舌を打つのさ。誰にでも出来る。でも、不思議だろう」

「うん、不思議だ」

誰にでも出来るのか。それならば魔法ではない。男は冗談を言っているのだとルフランディルは判断した。この男は冗談が好きだ。

「洗濯《せんたく》、終わらせちまいな。今度は濯《すす》ぎだ。流されないように服の裾《すそ》をしっかり持って振るんだ」

「ああ」

ルフランディルはしゃがむと、言われたとおりにした。両手に感じる水の重さが楽しかった。

しばらくその作業を繰り返す。

男は日差しの下で悠々《ゆうゆう》と足を組み替え、首に掛かる髪を暑そうに持ち上げて、靴《くつ》を脱いで足を水にひたした。水面に太陽が反射する。

「俺はスマート。さんとか様とか殿とかカッコイー尊敬するーとかはつけなくていいぜ。スマート・ゴルディオンだ」

「そうか。ありがとう、スマート。世話になった」

きまじめに言われ、スマートは笑う。

「どうも、お堅いねぇ」

「恩人に礼を言うのは当然だ」

「役に立てりゃ嬉《うれ》しいよ。ああ、そしたらそれは絞《しぼ》るんだ。ぎゅっと。そうそう」

言われたとおり服を絞るルフランディルを見ながら、スマートは煙管《きせる》の煙をまた吸った。ふとその視線が家の方に向く。

「お姫様のお目覚めだ」

見れば、先刻の少女が、ずり落ちそうなシャツを腰のところでタオルで縛《しば》って、裸足《はだし》で草を踏んで駆け降りてくるところだ。彼女の靴《くつ》も今洗っている。シャツは彼女にとって大きすぎたので、長さもたっぷりあり、膝《ひざ》の上までを覆《おお》っていた。ルフランディルは彼女のふくらはぎがまぶしくて、ぼんやりと目を奪われて立ちつくした。胸元は布を撒《ま》いて隠していた。あの羽根も隠されて見えない。

「おーい流されるぞ。俺のタオル」

「あっ！　わ」

慌《あわ》てて沢の流れに踏み出し、うっかり手を離してしまったタオルを追いかけて走り、タオルを摑《つか》んだところでひっくり返った。

全身が水浸しになる。

男がゲラゲラ笑い、少女が、

「大丈夫《だいじょうぶ》⁉」

と沢の中に入ってきて手を差し伸べて助け起こしてくれた。

第七章　魔法と竜

固く絞《しぼ》った重い洗濯物《せんたくもの》をルフランディルは一人で持って、来た坂を上り、家の裏庭に出た。

「私が洗濯しようと思っていたのよ。あなた怪我《けが》してたから」

少女はそう言いながら、木と木の間に張った紐《ひも》に、洗濯物の皺《しわ》を伸ばしながらかけ、洗濯ばさみで留めていく。

「いや、それが。痛くないんだ。治ってしまったのかも知れない。彼が治してくれたようなんだけれど」

その言葉に少女は、手を止めて何かを確かめるようにルフランディルを見つめる。

そして決意したように唇を尖《とが》らせ、瞬きをして、洗濯物をまた干《ほ》し始めた。

「そっち持ってて」

ルフランディルは言われて服の裾《すそ》を持って突っ立つ。彼女は手際《てぎわ》よく洗濯物を干していく。

時々、じっとルフランディルの顔を見ている。

先刻、水面に映った自分の顔を見たら、色粉《いろこ》は全く落ちていなかった。あれだけの目に遭《あ》ったというのにすごい。

万が一どこかで顔を見られても、ルフランディル殿下だとわからない方がいろいろと安全ですから。

イセはそう言った。

それは正しいだろうが、とにかくこう少女の視線を感じてしまえば、なんだか身体《からだ》の動きがぎこちなくなってしまって落ち着かない。

「……私が、何か？」

「王子様に似てるって言われない？」

言われて心臓が飛び出そうになる。

けれど、少女は唇を尖らせて息を吐くと、洗濯物をかけ続けた。

「ま、あのひとは、お礼なんか言わないか。あなた、ちゃんとお礼も言ってくれたし、いい人みたいだものね」

「だってあれだけ迷惑をかけて、君はそんなに細い肩で僕を背負って歩いてくれたのに、そりゃぁお礼くらいいくらでも言うさ。ほんとにありがとう。君は命の恩人だ」

少女は洗濯物を引っ張って、皺を伸ばしながら笑った。

「あなた、私って言ったり、僕って言ったりよ。じぶんのこと。おかしいの」

「おかしいか」

おかしいかな。

おもしろいかな。

彼女が笑っているのが嬉《うれ》しくて、ルフランディルは何も考えずに言った。

「もっと言おうか？」

その様子がおかしかったらしく、少女はまた笑った。

ああ、日差しが弾《はじ》けるみたいだな。

さっきの水しぶき。

跳ね上がって丸くなって小さくなってその全てに太陽があって。

君が笑うと、世界がそんなもので満たされるみたいだ。

なんて楽しいんだろう。

「ねぇ君名前は？」

「あなた、ランディっていうんですってね。スマートさんから聞いたわ。私は歌うたいで踊り子で、キリっていうの」

「キリ。いい名前だな。素敵だ」

「あのね、前にミオオクのあたりにあったレッセグン族の名前なんですって。今じゃこの国に混じって暮らしてる人たちなんだけど。素敵よね」

「うん、君に似合ってる」

もっと。

もっと話して。

君のことを話して。

なんでもよかったのだが訊《き》いてみた。

「ここには一人で来たの？」

「ううん。私も足を滑らせて沢に落ちたの。霧《きり》が濃かったから。あのね、オニユリが咲いて
て。霧の中でそれだけ明るくて、ふらって」

「オレンジの？」

「そう。鮮やかなオレンジの花。ほら、あそこにも咲いてる」

キリが指さした先には、確かにオレンジ色の百合《ゆり》があった。けれどそれは周囲の緑に沈ん
で、さほど目立たない。

「……明るいところで見ると、霧の中で見たあんな風じゃないな」

「あんな風って、あなたもだったの？」

「そう」

「やだ。どじね、お互い」

「君はそんなんじゃないよ」

ムキになって言ったルフランディルがおかしくて、キリはまた笑った。

ルフランディルは嬉《うれ》しくてずっとキリを見ていた。

「さ、これで最後」

洗濯物《せんたくもの》を干し終わって、キリは空《あ》いたたらいを足下から取り上げた。ルフランディルはそれを横からすっと奪う。

「僕が持つ。行こう」

キリの瞳が親密にルフランディルを見て、穏やかで明るい声でありがとうと言った。


「昼メシ」

と、出された小麦粉を練《ね》って焼いたものと、生の野菜と焼いた鶏肉《とりにく》。塩と練った調味料をつけて巻いて食べろと言われ、その通りにする。おいしかった。あっという間になくなった。

「スマート、料理上手《うま》いんだな」

「料理上手いともてるからな」

食後の茶を啜《すす》りながらスマートは言う。ルフランディルの目の色が変わる。

「ほんとか。キリにもてるか」

キリはそれを聞いてお茶にむせた。

スマートは煙管《きせる》を用意しながら、もてるんじゃねぇのと笑いながら言った。

「ランディ、冗談ばっかり言ってないで」

「冗談？　なにが」

「ちょっと……」

本気なのに。

でもキリは真っ赤だし困らせたならいけない。

そう思ってルフランディルは黙り込んだ。

キリがまたスマートに向き直って言った。

「あの、スマートさん」

「さんはいらねぇよー」

「あった方が私、落ち着くんですけど……」

「なら別にいいけどー」

スマートは煙管に火種箱から火種を取り出して、火をつけて一息長く吸って吐き出した。

「あの、私、このナンニタ山に住んでおられる流浪《るろう》の美貌《びぼう》の大賢者《だいけんじゃ》を探してるんですけど」

「あーそりゃ俺だ。なんか用？　なんの用？」

「ミオオクの竜を退治したいんです」

二人のやりとりに、ルフランディルは目を丸くして見つめるしかない。

「ランディ。悪いんだけどあなた外に出ててくれないかしら」

「いやだ」

考えるより先に口が動いた。

キリを見つめて、喉《のど》が灼《や》けるような気持ちで、熱く言う。

言葉は、こんなに熱いものだったかな。

「君が困っているなら、私は君の力になりたい。聞かせてくれ。僕にも」

私とか、僕とか。

どうして混ざってしまうんだろう。確かにおかしいな。格好をつけたい気持ちと、素直な気持ちがあっという間に入れ替わる。

キリは首まで真っ赤にして、少し泣きそうに笑った。

「……じゃぁ。これからのことは誰にも言わないでくれる？」

「もちろん」

「うん」

キリの、明るい灰色の瞳。

真剣な目だ。

射止《いと》められたみたいな気がする。

やがてルフランディルから視線を外して、キリはスマートを見つめて語り出す。

「……ミオクの竜を退治したいんです。でも、王様の軍が太刀《たち》打ちできないのに、どうやったらいいのかわからない。それで、力を貸していただきたくて」

「……魔法使いにィ？」

眉《まゆ》と口の端を上げて、皮肉に言われた言葉にもキリは怯《ひる》まない。

「はい」

「ここじゃ魔法はねぇんだろう？」

「あります」

決然とした言葉だ。

キリはまっすぐにスマートを見つめている。

ルフランディルはその横顔に見とれる。

「私の両親は魔法使いでした。王様の命令で何かを探っていました。あなたのように、ひどい怪我《けが》を一晩で治してしまうような力は持っていなかったけれど、魔法使いでした」

スマートは口を横に引き結び、鼻から煙を吐き出す。

「あっそォ……それでそんなもん身体《からだ》に貼り付けてるわけか」

言われてキリは胸元を反射的に押さえた。

「これがなんだか、ご存じですか」

「それがなんだか知ってるんなら、そいつに竜でも何でも退治してもらやいいだろう」

「いやです」

ぎゅっと胸元を握りしめ、俯《うつむ》いてキリは言う。

「私が、竜を倒したいのは、ただ、自分の怒りと自分の復讐《ふくしゅう》のためです。そんなもののために、私は、両親からもらったこれを、使いたくないんです」

「ミオオクの竜が、お前になんかしたのか」

ふー、と細く長く煙を吐いてスマートは言う。

「ミオオクの竜に恨《うら》みはありません。……私が復讐したいのは、ルフランディル殿下です」

それを聞いてスマートは視線を上げ、ルフランディルは真っ青になる。

どうして。

キリが僕を。

僕はキリに何を。

「私の名は、ほんとうはドリー・マクビティと申します。先だって舞踏会《ぶとうかい》でルフランディル王子に、その場で一番みっともない娘だと言われて求婚されました。王子は結婚したくないのに王様に相手を決めろと言われて、そのあてつけに私を選んだようです」

「ほほー」

軽く相づちを打って、スマートは煙草《たばこ》を吸った。煙管《きせる》の火口が明るく光る。

「私、くやしくて」

キリは堪《こら》えていたようだったが、顔をくしゃくしゃにすると涙をこぼした。

「そりゃ、私は美人でないのは自分で知っています」

そんなことない。キリは綺麗《きれい》だ。他のどんな人間よりずっとずっと綺麗だ。

ルフランディルは心の中でそう叫んだが口に出せなかった。

だってキリは僕のことが。

キリはぼろぼろ泣き、鼻を啜《すす》りながら子供みたいに言った。

「王子様なんかだいきらい！　私がみっともないのなんか、私が一番よく知ってるのになにも
あんな風に言わなくたって」

あんあんと声を上げて泣くキリを、スマートは閉口するでもなく苦笑して見つめた。

ルフランディルもスマートも声をかけなかったので、キリは自分で泣きやむしかなかった。

胸元の布で涙を拭《ふ》いて落ち着く。

「なので、竜退治をして自分の価値を上げて見返してやろうかと思って」

「……あのな、キリちゃんや。いや、ドリーちゃんな」

スマートは穏やかに微笑《ほほえ》んでいる。

「竜退治ってぇのはよ、つまり竜を殺すってことだ。わかってる？　功名《こうみょう》の種にするのも、ま
あ、俺は否定はしねぇけど」

「はい」

ドリーは頷《うなず》き、鼻を啜る。

「道中、竜についての話は片っ端《かたっぱし》から頭にたたき込んで来たつもりです。竜の通り道に街を建てるのは、確かに竜にとって迷惑かも知れません。でも、毎回それなりに距離を離して建てているのに、それでもつぶされてしまうのは、交通の要所のミオオクにとって、とても悔《くや》しいことです。それでも何度でも街を建てようとしている人たちに、旅の途中で逢《あ》いました。……あの人達のために、私も、出来ることがあったらしたいと思います」

目をしばたたかせ、てのひらで涙を拭《ぬぐ》ってドリーは無理に明るい声で言った。

「でも、そんなのあとづけだから、私の功名《こうみょう》が目的で、つまりそれでいいんです。竜には災難かも知れませんけど。だから、スマートさん、竜の退治の仕方を教えてください。美貌《びぼう》の流浪《るろう》の大賢者《だいけんじゃ》と呼ばれるあなたならきっと何かご存知でしょう」

「あっいい響きー」

スマートはドリーが言った言葉にうっとりする。

「美貌は見てわかります。流浪も、この国の方ではなさそうですし。だとしたら大賢者なのもそうなのでしょう。ですから教えてくださいスマートさん。竜を倒すのにはどうしたらいいですか」

「……そんなに王子様を見返したいの？」

「はい！」

「だったら王子様と結婚した後いろいろネチネチいじめたらいいじゃん」

僕はキリ……ドリーがそうしたくて、そんなことしてていつか気が済むんなら、それでもいい。

ルフランディルは静かにそう思う。

大嫌いでも。

「いやです。王子様は大嫌いだけど、でも、そんなことをする自分も大嫌い」

その言葉の強さ、まっすぐさに、ルフランディルはドリーをはっと見る。

伸びた背筋と視線。

真夏の白い雲や、すっくと立って天をさす小さな気高《けだか》い花を連想させるたたずまい。胸が詰まるようで、目を離せない。

「私は王様や王妃《おうひ》様、王子様自身に認められることをしなければ。それでなければ、王子様は大嫌いだから結婚したくありませんと、言うこともきっとかなわない。どんな罰《ばつ》を受けたって、胸を張ってそう言いたいの。そのために……竜を殺して……」

その言葉を言うと、ドリーの視線が下がった。

「うん、まぁ、そのためにならべつに竜を殺さなくてもいいよなぁ。街の美化を徹底的に一人でやったって、認めてくれる人は多いだろうさ」

「……今は、そう思います。旅に出て、そのやりかたもわかりました……。でも、その……はじめてしまったことなので……」

「王子様が嫌いだから結婚したくないって、王様に普通に言ったらいいじゃん。んで、竜退治はやめて、困ってる人の救済に努めれば？」

飄々《ひょうひょう》とスマートは言い、ドリーは苦笑する。

「竜退治が終わったら、やるつもりです。竜退治は……やるって言っちゃったからなんとなく……もう、ひっこみがつかなくて……ですね」

「そーれで殺されたら竜もいい迷惑だろうがよ！」

呆《あき》れたようにスマートは言って、ドリーは赤面した。

「……あの……そうしたら……どうしたらいいですかね」

困り果ててドリーは言い、スマートはとぼけた。

「知らん」

「それはそうですよね……でももう旅でちゃったし、いろんな人に迷惑もかけたし、ロージーさんとかマイヨールさんも、ああー」

ドリーはとうとう頭を抱える。

「……キリ……じゃなくて、ドリー……」

おそるおそるルフランディルは言う。

内なる声はやめろと言っている。やめろ、何言うつもりだ。

「だったら、その、僕と一緒《いっしょ》にいない？　旅は、やめて。危ないからさ」

「……何言ってるの？　ランディ」

ドリーのきょとんとした目。

心臓が飛び出そうだ。

断られたらどうしよう。

ドリーは苦笑した。

「私があなたと一緒にいたいと思っても、私は王子様に結婚を申し込まれているの。どうするの？」

「闘うよ！」

ルフランディルは何も考えずに言った。

まっすぐにドリーの瞳を見つめる。

何も考えられない。

ただ、燃えるような気持ちだけで言った。

「僕は君を幸せにしたい！　君を見ていると僕は幸せだから、君を幸せにしたい。だから何でもする。……許してもらえるなら」

傍《そば》にいることを。

幸せになることを。

愛することを許してもらえるのならなんでもする。

ドリーは目をそらせなかった。

ランディの青い瞳がまっすぐ見つめてくるから。

自分を照らす青空のように、光のように見つめてくるから目をそらせなかった。

全身がゆっくり熱くなる。

こんなのは初めてだった。

「……俺、バカップルに縁があるのかなぁ」

目を嫌な感じで細くして見ていたスマートが呟《つぶや》く。

「バカップルってなんだ」

ルフランディルが言い、スマートはなんでもないなんでもないと手を振る。

「あー、まー、なんでもないなんでもない。んで竜退治どーすんのドリーちゃん」

「えと、あっ、はい、うん、あー」

スマートに突然訊《き》かれて、もう全身真っ赤になったドリーが混乱して頭を掻《か》く。

「よかったねー脈アリで」

にやにやとスマートに言われ、ルフランディルは千切《ちぎ》れそうに頭を上下に振った。

「ちょっと、やめてください。考えがまとまらないわ。ええと、ええとね、そしたらね、とりあえずミオオクには行きます。それから考えます」

「うん」

スマートが頷《うなず》き、ルフランディルが言う。

「僕もミオオクに行く。さっきの返事はミオオクで聞かせてくれ。必ず行くから」

そう言ってルフランディルはドリーの手を取った。

ドリーは湯気が出そうに全身を火照《ほて》らせ、困って俯《うつむ》き、しばらくしてから小さく頷いた。

「……はい……」

その声をかき消すように、扉が叩かれた。

「失礼します！　どなたかおられませんか！」

「イセの声だ」

ルフランディルは立ち上がる。

「ごめんなさい、私、手配されてるから、裏庭にいていいですか」

顔色を変えてドリーは立ち上がり、スマートが頷いた。素早くドリーは裏庭へと出て行った。

ルフランディルは名残惜《なごりお》しげにその後ろ姿を見つめ、それからスマートに頭を下げた。

「スマート。本当に世話になった。ありがとう」

「いやァ？　まぁなりゆきさ、こんなの。礼はいい」

長く煙を吐いてから、煙管《きせる》を持ったままスマートも立ち上がる。扉を叩く音はずっとしている。扉に向かいながら言う。

「あとなぁ一つ言っておくけどなぁ。謝るのは早いほうがいいと思うぞ？」

「え」

訊《き》き返す間もなく、スマートは扉を開けた。

「ああ、すみませんお騒がせして。このあたりで少年を見ませんでしたか？」

イセ以下、護衛の人間が何人かがそこにいた。ルフランディルは歩み出て、イセに抱きしめられぎゃぁぎゃあ泣かれた。

イセはスマートに何度も礼を言い、金の袋を押しつけ、ルフランディルを抱えるように帰って行った。

「おーおー俺の服ごと持っていっちまったよ。ドリー。戻っていいぞ」

裏の扉に声をかければ、おそるおそると言った様子でドリーが出てきた。

「……ランディ、行っちゃった」

少し寂しそうに呟《つぶや》くのを聞けば、スマートはドリーの頭を乱暴に一つ撫《な》で、椅子《いす》に座り直した。

「ミオクで会えるさ。服が乾いたら、お前も行け。……これを持って行ってくれ。道標《みちしるべ》だ」

スマートは指に嵌《は》めていた銀の指輪をドリーに渡した。なんの飾りもない銀の輪だ。

「お前には、助け手は充分だ。これは、俺の都合」

「私、スマートさんの役に立てるの？」

「うん、そうだ」

「嬉《うれ》しい」

言ってドリーは指輪を握りしめて、首をすくめて微笑《ほほえ》んだ。

スマートはドリーの髪を撫でる。

「……ミオクで、ランディに逢《あ》ったらな。あんまり怒らないでやれよ」

「別に、私、ランディには何も怒っていないわよ？」

不思議そうに言うドリーに、スマートはまぁまぁ、とか言って肩を叩いた。

「ま、少し魔法の話でも聞いていくか？　服が乾くには、もう少し時間もいるだろうしさ」

「はい」

ドリーは嬉しく頷《うなず》いて、椅子に座り直した。

ランディがいないのが寂しかった。ミオクで会えるなら楽しみにしていよう。でもその時になんて返事をしたらいいんだろうか。そんなことを少し考えた。

第八章　ミオオクの竜

夏が過ぎ、都の暦《こよみ》の上ではもう秋になろうとしている。

けれど国の最南端、国境のミオオクでは、まだ朝晩が涼しくなりはじめたばかりだ。

到着してからずっと、この高級な宿の何部屋かを借り切っていたルフランディル一行は、ミオオクの活気を楽しんでいた。

ナンニタ山での遭難《そうなん》以来、ルフランディルは変わった。

窓の外を見て物思いにふけることが多くなり、自分一人で出歩きたがることが減った。

イセにさんざんがみがみ言われたのが堪《こた》えたのかと、供の者達の間では評判だったが、ごく近くでルフランディルを見る機会の多いキールは意見を異《こと》にした。

「そりゃぁどーかねぇ」

なんだ、それはどういうことだと訊《き》かれても、キールは言葉を濁《にご》したが、ルフランディルの吐くため息は恋をしているもののそれだった。

ナンニタ山から戻ってすぐ、ルフランディルは全国に出したふれを撤回《てっかい》させた。

あのふれのおかげで、旅人たちは大変な迷惑を被《こうむ》り、また、報奨金《ほうしょうきん》による国庫《こっこ》の出費は馬鹿にならなかった。

けれども予想外に短い期間で済んだので、どこかで誰かが捕まえたのだろうと国民達は納得し、旅人たちはまた安心して旅を続けた。

ルフランディルは物思いに沈み、勉強をし、本を読み、そして随行《ずいこう》の料理長に頼んで料理を習い始めた。

今では何日かに一回は、ルフランディルの作った料理が出る。

最初は食べられたものではなく、

「正直な感想を」

と求められても苦い笑顔で褒《ほ》め言葉を言うしかなかったが、そういうのが苦手なキールが、

「飯屋で出たら、まぁ二度とは行きませんやね」

と言ったら、さぞ怒るかと思いきや、冷静に、

「どこが悪かったかな」

と訊《たず》ねてきた。

それは料理長に教えてもらえばいいとキールが言ったら素直に従い、ノートを一冊料理用に作ったようだ。そこに細かに失敗したことやら気をつけることやら書き込んで、次に厨房《ちゅうぼう》に立つときにもう一度読み返すのだから、料理長も真面目《まじめ》に教える気になったらしい。

ルフランディルの料理の腕はどんどん向上し、今では皆の楽しみの一つになっていた。

皆が喜ぶ顔を見ればルフランディルは喜んだ。

イセとタズとは相変わらず公務に忙しく飛び回り、ルフランディルも同行することもあったがそうでないこともあった。

そんな旅は特に障害もなく進み、やがて一行はミオオクについたのだ。

ミオオクは活気のある町だったがそう大きくはなかった。

簡素で小さい建物が軒《のき》を連ねている山間《やまあい》の町である。

金をかけた建物も、竜が壊してしまうんではなんにもならないからと、どの建物も飾りも何もない。無骨な造りのものばかりだったが、今の季節は山の錦《にしき》が彩《いろど》りで、木材や石の色そのままの建物群も、それはそれで味わい深くも思える。

それでも国境の要所であるから、宿も多く、旅人の要求に応えて料金の高い宿もあれば安い宿もある。

さすがに最高の料金を取る宿は多少の洒落《しゃれ》っ気《け》もあって、隣接する高級酒場の他には唯一、外壁に白の塗りが施《ほどこ》されていた。

ルフランディルたちはその宿に泊まっている。

その日も、ルフランディルは日課の学習や剣の練習の合間に、ぼんやりと窓の外を見ていた。

視線はいつでも国内側だ。

誰かが来るのをじっと待っていた。

けれど、国内側からも隣国側からも、往来は多い。

「……街道をもっと広げるべきじゃないのかな。荷車が行き交うには、ほら、あそこの角などいかにも狭い。ああ、危ない、子供が巻き込まれそうだ」

眉《まゆ》をひそめて呟《つぶや》くルフランディルにキールが言う。

「大丈夫《だいじょうぶ》ですよ。ほら、親が抱きかかえました。うん、とりあえずあそこの軒《のき》に入りましたよ。……でもねぇ、街道を広げるったって、山を削《けず》らないと広げられませんよ。山を削ったら、崖《がけ》になりますし。そしたら崩《くず》れない様にしないと」

「国境がずれたらいいんじゃないのか。もう少し北に、平野があるだろう。隣国にも、そういうところがあるだろうし」

「でも、狭いから警備の手が回りやすいってのはありますよ。国境の門を閉めれば、攻め入るのも困難な場所ですし。密輸などの犯罪や、手配者の逃亡なんかもここで止められてもいますしね」

「難しいものだな」

ルフランディルはため息を吐く。

「だが、旅をしていて父上の偉大さには気がついた。名君なのだな。我が国は平和で豊かだ」

最後です」

「戦《いくさ》をしておりませんからね。何年前だったかな、ちょうどこの辺りの部族とやりあったのが

「……なぜ？」

「その部族が独立を求めて反乱を起こしたんですよ。でも、この場所はご覧の通りの要所ですから、独立を認めるわけにもいかず、結局争いになりました。ご存じじゃなかったんですか」

ルフランディルは口元に手を当てて考え込んだ。

「いや。知らなかった。勉強の時も出てこなかったし」

あるいはドリーの言っていたあの部族の話か。たしか、レッセグン族。

囲われて旅をしている自分より、ずっとドリーは物知りだ。

いつか自分もそうやって知識を蓄《たくわ》えたいと、ルフランディルは謙虚《けんきょ》に思った。

「しかしこう往来が多くては、彼女がいてもわからんな」

「……ドリー嬢《じょう》ですか？」

「ああ」

わずかに頬《ほお》を染めてルフランディルは頷《うなず》く。

いったいどういう心境の変化かねとキールは内心思う。

「手配以来、変装とかされてるんではないですかね、ひょっとして」

「歌うたいと踊り子をしていると言っていたから、芸人に紛《まぎ》れているとは思うんだが」

「逢《あ》ったんですか!?」

思わず声が大きくなったキールに向かって、ルフランディルは指を一本立ててしいっと息を吹いた。

「あ、ああ、失礼。えーと、ど、どこで」

「ナンニタ山だ。滑落《かつらく》したところを助けてもらって……」

思い出して首まで赤く染めるルフランディルを見て、キールはこっそり笑った。

そうか。なるほど。運命とやらは玄妙《げんみょう》なものだ。

「……でも、芸人をしているなら話は簡単じゃないですか」

「え？」

「このキール、今から行って、興行をしている一座の話を仕入れて参りましょう。なに、宿の案内に訊《き》けば大きなものはすぐ分かりますし、夜の酒場に行けば小さなものまでわかります。お任せ下さい」

ルフランディルはキールを見て唇を引き結び、わずかに頭を下げた。

「ありがとう」

ともあれルフランディルが見なければ、それがドリーであるかはわからない。

だからルフランディルは顔に色粉《いろこ》を塗って、手持ちのうちで一番安い服を着ると、キールを伴《ともな》って外に出た。

「タズ様にもイセさんにも、後で叱《しか》られそうだな、俺……」

人々の合間を縫《ぬ》うように歩いてキールは呟く。

「私が責任を持って叱られるから、お前は心配しなくていい。お前は、だって、親切でこんなことを言い出してくれたのだものな」

「そんなの、どうかわかりませんよ?」

「だって他に理由がないじゃないか」

変なことを言うなぁ、とでも言いたそうに、ルフランディルは苦笑した。

ナンニタ山での遭難《そうなん》以来、ルフランディルは本当に変わった。

それがもしも、ドリー嬢《じょう》への思慕《しぼ》が原因であるとするなら、うーむ恋って不思議ねとキールは心底感服《かんぷく》する。

ルフランディルはルフランディルで、久しぶりの色粉の感触を感じながら思う。

やっぱりあのスマートという男は魔法使いだったのかも知れない。だって、あのナンニタ山の家を出た後すぐに、色粉はぼろぼろと落ちてしまった。いくら油で洗わないと落ちないと言っても、あれほどの豪雨に晒《さら》されて落ちないものではないのだ。

スマートは親切だったから、あるいは気を利かせて色粉を保たせてくれたのかもしれない。

いずれにせよ旅が終わったら、一度礼を言いに行かなくては。

興行があるという一番大きい酒場に行ったら、次の芸人が到着次第演《だ》しものを入れ替える予定だと言った。

「タンナンテからの一座だそうで」

「おそらくそれだ。見失ったのもタンナンテだしな。……明日か。出直そう」

店主に礼を言ったら、夜に飲みに来てくれよと声をかけられ二人は手を振る。

外に出たら夕焼けで、キールは小銭を手の中でちゃらつかせてルフランディルに言った。

「殿下。市井《しせい》の立ち食いの揚《あ》げパンに興味はありますか。このキールがおごりますよ。俺、小腹が減ったんでつきあっていただけるとありがたいんですが」

「仕方ないな」

ルフランディルはわざと偉そうに答えた。

揚げパンを食べて大急ぎで着替えて色粉を落としたところで、イセとタズが帰ってきた。

「ルフ。面白いことを聞いたよ」

「なんですか兄上」

「竜のすみかと呼ばれる岩山があるそうだ。君の婚約者殿は、さぞかしそこに興味があるだろうと思えるね」

タズはそう言って、ルフランディルの髪を撫《な》でた。

「僕も興味があります。場所を教えてください！」

ルフランディルは目を輝かせて言い、タズは真剣な顔で言った。

「……君がそう言うならば教えるけれど、決して行ってはいけないよ。危険なんだ。全ての護衛、イセや、小間使いたちにも、けっして一緒《いっしょ》に行かないように、行こうとするなら止めるようにきつく言っておくからね」

「はい」

ならば、一人で行こう。

明日、ドリーを連れて。

そして竜が恐ろしいことを教えて、そこで謝るんだ。

全て告白して、謝るんだ。

ドリー。

スマートの家で目を覚ましたあの日以来、君を忘れたことは一瞬もない。

ふとした時に、君の顔、名前、香りや、一緒に過ごしたあの光る瞬間の全てが胸に溢《あふ》れて僕は苦しい。

許してくれなくても、そのことだけは伝えたい。

けれど、君がもしどうしても竜退治を望むのなら、一緒に行く。

君には何か秘密があって、何かを願えば叶えられるのかも知れない。

だからどうしても竜退治をしたいのなら一緒に行く。

もし、許されずに、そして、もし、竜に殺されても僕はいい。

そう言おう。

心に思うこのことを、なんとか言葉にしたらそうにしかならない。

それでも伝わるか分からないけれど。

「それにしても」

タズの声で物思いから覚める。

「陛下も何をお考えなのだろう。ルフがお願いした竜退治の出兵は、結局為《な》されないままだったようだよ」

「ああ」

言われて思い出す。

「そうなんだ」

今まで忘れていたし、今はもうそんなことはどうでもよかった。

移動の馬車から荷物を下ろして、興行の小屋に荷物を運び込んで一息つく。

「興行は夜からになるから、みんな少しゆっくりしてていいからな！」

髭《ひげ》の団長がそう言い、団員達がはしゃぐ。ドリーたち三人を含めて十人の一座だ。最初はロージーがぶつくさ言うほど厳しく芸の指導をされたが、今はもう頼れる仲間達だ。

「興行を知らせる行進はしなくていいんですか?」

髪をまとめてきぱき働くドリーが、軽業師《かるわざし》の女に訊《き》くと、女はウフフと笑った。

「うん、今回は天幕張るわけじゃなくて、酒場でやるんだからねぇ。ちょっと夜更かしになるから、少し寝ておいた方が……って、あんたはそれどころじゃないか。ミオクが目的の町だものねぇ」

「……はい」

全て知って受け入れてくれた一座だ。ドリーは胸が詰まるような思いで頷《うなず》いた。

荷物を片付けてしまうと、ドリーはロージーとマイヨールを探した。

まだ開いていない酒場の客席に座って、演《だ》しものの内容についてああでもないこうでもないとやりあっているところだった。

ロージーとマイヨールは、団長に組まされて剣技を見せている。ロージーの踊りに合わせて、マイヨールが剣を振るい、ロージーが身体《からだ》につけた果物や果実、銜《くわ》えた煙草《たばこ》の火口などを斬《き》るのだ。

「ほら、ほつれちゃった衣装《いしよう》があるじゃない。布ももうあれダメだから好きにしていいって団長が言ってくれてんのね。んで、ここ酒場だし、服斬《き》ったら受けるんじゃない? あたしの美乳だの綺麗《きれい》にくびれた胴回りだのぷりぷりした太ももだのがチラッチラとこうムフフ」

「恥とかないのかお前」

「何よ傷つけない自信ないのォ？　ダメねェ」

「いや、自信はあるがな？　そんな受けを狙ってどうするって言ってるんだ」

「なによ受けりゃいいじゃん。下にほら、ぴったりした服着てさ、最終的には上のドレス切り落としてー。でもあれよ、大事なとこは見せないのがコツよ。絶対大受けだってこれ！」

「そんなに受けたいのかよ」

「あったりまえじゃん！　拍手喝采《かっさい》って気持ちいいわぁ。向いてるのよねあたし、こういうの」

「まぁ役人のかみさんよりは向いてるだろうな」

「なんかトゲない？　言い方に？　ねぇちょっと」

「いつもだろ」

「そりゃそうだけど、何、あんたあたしに気があるんじゃないの」

「ないね」

気はないかも知れないけれど、気は合っているとドリーは思う。やりとりに隙《すき》がなくて、声をかけられない。

「あらドリー！　おいでおいで！」

ドリーを見つけて、ロージーが手招きをする。マイヨールもよう、と手を挙げる。

ドリーは二人が座る席に行って、自分の分の椅子《いす》を下ろして座った。開店前の酒場の椅子は、掃除《そうじ》がしやすいように全て卓の上に上げられている。窓もカーテンを閉められていたが、隙間《すきま》からわずかに日が入っていた。

ちょこんと座ったドリーは、二人を見て言った。

「……ミオクに、着きました、ね」

ドリーが言うその言葉は、感慨《かんがい》深いものだった。

目的地に着いたのだ。

「着いたはいいけど、これからどうするんだ」

マイヨールが直截《ちょくせつ》に訊《き》き、ドリーが目を伏せる。

「どうしようかなって……」

「竜が出るのって毎年冬だって言うじゃない。まぁここらへんちょろちょろしながら芸でお金稼《かせ》いでさ、それまで待ってるのもいいかもよ？　団長に相談してみれば」

「うん」

迷いの見える調子でドリーは言い、ロージーは笑った。

「……ね、ドリー。あんたさ。王子様見返してやるとかって、結構もうどうでもよくなってない？」

「え」

言われて弾《はじ》かれたようにドリーはロージーを見つめた。

「当たりだ?」

ロージーは楽しげにドリーのおでこをつついた。

「旅をして。いろんなことを知って、舞台に立って、あんた歌も踊りもすごく上手《うま》くなったよ。客の乗せ方も上手いしさ。度胸あるって、団長に褒《ほ》められただろう」

「はい」

マイヨールが微笑《ほほえ》む。

「もとから悪くはなかったけど、綺麗《きれい》になったよ。ドリー。自分でも思うだろう?」

言われてドリーは真っ赤になる。

「……ちょっと、思います」

「特に、ナンニタ山から帰ってからね。霧《きり》の中ではぐれて一晩、一座のみんなで山の中もずいぶん探して、帰ってみたら一人で帰ってきててさ。魔法使いにもちゃんと会えてて。おどろいたわ。……あの時から一気に綺麗になったわ。魔法をかけてもらったの?」

「いえ! そんな!」

ドリーが慌《あわ》てて手を振ったのと同時に、一座の男が声をかけた。

「ドリーあんたにお客さんだよ」

その男の後ろから出てきたのはルフランディルだった。金髪を頭に巻いた布の中に入れて、肌に色粉《いろこ》を塗って。

「ランディ！」

ドリーは目を輝かせて立ち上がり、駆け寄った。

ルフランディルも駆け寄った。

お互い自然に腕が伸びて、手を取り合った。

「ドリー！　僕の方が早かったよきっと！　よく来たね！　また会えて嬉《うれ》しいよ」

「私もよランディ。嬉しいわ！」

その二人の様子を見て、ロージーがマイヨールに言う。

「あれがランディか。話には聞いてたけど、ドリーったら素《そ》っ気《け》ない話し方しかしないから。ドリーを綺麗《きれい》にした魔法使いはあの男の子みたいね？」

いかにも忌々《いまいま》しそうにマイヨールが言う。

「俺は聞いてないぞ、なんだあの野郎」

「うわ、娘か妹ぼんのうって感じよマイヨール」

「しかたないだろう、娘か妹みたいなんだから」

マイヨールは唇を尖《とが》らせ、ルフランディルを見つめてぶつくさ言った。

ルフランディルはドリーと再会した喜びを押し殺して、ドリーの瞳を見つめて言う。

「ドリー。竜の巣穴《すあな》のありかを教えてもらった。今出れば、夕方には着く。行くかい」

「えっ」

唐突《とうとつ》に言われてドリーは怯《ひる》む。

けれどすぐ、唇を引き結び、明るい灰色の瞳に決意を湛《たた》えて頷《うなず》いた。

「行くわ」

「うん。じゃぁ、山登りになりそうだから、底の厚い靴《くつ》を持ってたら換えてきた方がいいかもしれない」

「うん。持ってる。待ってて、換えてくる。すぐよ」

ドリーは小走りに控え室に向かい、ルフランディルはロージーとマイヨールに近づき、かしこまって挨拶《あいさつ》をした。

「……は。はじめまして」

ひどく緊張した様子のルフランディルに、ロージーはへらへらとどうもと言い、マイヨールはフンと鼻を鳴らしてそっぽを向いたが、ルフランディルの顔を見るなり椅子《いす》からずっこけた。

「どしたの大丈夫《だいじょうぶ》？」

ロージーが座ったまま言い、ルフランディルも驚いたが、それ以上に驚いているのはマイヨールだった。

ルフランディルはマイヨールに向かって口の前に指を一本立てて、しぃっと言ったが、ロージーは聡《さと》かった。

その動作とマイヨールの顔を何度か交互に見て、思い至って凍り付いた。

「……まさか……王子様？」

ルフランディルは思わず顔を片手に埋めた。

「女、どうして分かった」

ロージーも椅子《いす》からずっこけ、床にへたり込んだ。そして椅子にしがみつきながら言う。

「え、だって、あれだ。あれですよ。簡単な算数よそんなもん。マイヨールはこれで結構勇敢《ゆうかん》だもの。こいつがこれほど肝《きも》つぶすっていったらよほどのことだし、顔見て腰抜かしたんなら知ってる顔なわけで。で、これくらいの年頃で、マイヨールが腰抜かすような人っていったらあたしルフランディル殿下くらいしか思いつかないわ。算数終わり」

「いかにも、私がルフランディル・ブワース・ダリドである」

そう言い放ったルフランディルには、確かに人をひれ伏させずにはおかないような威厳《いげん》があった。けれどルフランディルは、二人の前にそそくさとしゃがむと真剣な顔で言う。

「それでだな。頼みがあるのだ。どうかドリーには、私が王子だと言わないでくれないか。ドリーと私が出会ったのは全くの偶然で、私は忍びの旅であるから、変装をして、偽名を名乗っていたわけなのだが、結果的に今、ドリーをだましていることになる。私はドリーが好きになったから、竜退治なんて危険なことは諦《あきら》めてもらいたい」

ドリーが好きになったから、のところで、マイヨールが鬼のような形相《ぎょうそう》でルフランディルに飛びかかりそうになったが、マイヨールの尻をロージーが思いっきりつねって事なきを得た。

ルフランディルは気づかず続ける。

「今から竜の巣穴に行く。遠くからでも見て竜が恐ろしいものだと分かって欲しいんだ。そしてそこで私は全て話して謝って、許しを請うつもりだ。……そうすれば、彼女も都に戻ってくれるだろう。……もし、許してもらえなくても、都に戻ってもらえれば、竜退治なんて諦めてくれれば僕はもうそれでいい」

静かな調子で言うルフランディルに、マイヨールとロージーは頷《うなず》くしかない。

マイヨールは王子のはじめて見る様子に、ロージーは想像とまるで違う王子の姿に、それぞれ戸惑う。

けれどまぁ。

ルフランディルは真剣そのものだったし、ドリーが危険な目に遭《あ》わなくて済むというのはとてもいい。

マイヨールもロージーも、ミオオクに来てみたはいいものの、いざ竜退治ということになったらどうしていいのか分からずに困っていたところだった。ドリーには何か考えがあるようだったが迷っていたし、さっきの話ではもう、王子に対する意地も薄れてきているようだ。

ならば、ルフランディルの提案を受け入れるのもいいかもしれない。

ロージーとマイヨールは視線を交わして頷《うなず》き合うと、それぞれ片手を挙げて言った。

「わかりました。内緒《ないしょ》にします」

マイヨールが言い、ロージーも言う。

「あたしも」

ルフランディルはほっと安堵《あんど》して言った。

「ありがとう」

「お待たせ、ランディ！」

男物の動きやすい服に着替え、底の厚い革靴《かわぐつ》を履《は》き、髪を結って帽子を被《かぶ》ってドリーはやってきた。

そして三人を見てきょとんとする。

「どうしてみんな床に座ってるの？」

言われた言葉に、ロージーが肩をすくめた。

「ミオオクじゃこれが健康法なんだってさ」

第九章　亀裂《きれつ》

午後、ミオオクは快晴だった。町の左の山側に細い登り道があって、獣《けもの》が作ったとしか思えないその道に二人は足を踏み入れる。

ルフランディルはタズに教えてもらった場所を地図に記していた。

その地図を見ながら、ドリーの手を握り、山を登る。

竜の巣穴と言われる場所は思いがけず近い。

そこに竜がいることは分かっていて、誰も手が出せはしないのだ。

竜は一年に一度起きて、町を潰《つぶ》して、そしてどこかへ飛び立って一月《ひとつき》くらいで帰ってくる。

それ以外は眠っていて起き出さない。

竜の寝首を掻《か》こうと今までさんざんいろいろな人々がやってきたが、剣でも、爆薬でも、薬でも、竜に傷一つつけることは出来なかった。

山ごと吹き飛ばそうとかいっそ燃やしてしまおうとか、いろんな話は出はしたものの、どれも実行には至らない。それをしたところで、竜がどうなるものでもないような気が、誰にでもするからだという。

そういう話を、ルフランディルはタズから聞いた。

険しい道だった。

里山を一つ越えれば、その裏には岩山があった。もはや道とも言えない道を歩き、岩を摑《つか》んで登る。秋の陽光に暖められた岩は思いがけず生き物のような温度で、ドリーを迎えた。

やがて太陽の角度が変わり、影が伸びてきたなと感じる頃、二人は地図に記された場所にたどり着いた。

「ここだ……」

休憩《きゅうけい》も取らずに歩いてきたから、二人の息はすっかり上がり、全身は汗で濡れている。

そんなことにかまいもせずに、二人は竜の巣穴と言われる場所を見つめた。

それは岩山に空《あ》いた大きな亀裂《きれつ》だった。下からは寝息のようなリズムで硫黄臭《いおうくさ》い風が吹き上がり、日差しがわずかに入る奥に目をこらせば、そこには確かに何か大きな生き物がいるようだ。

「……いる」

ルフランディルは畏怖《いふ》と恐怖に打たれ、ごくりと唾《つば》を飲み込んだ。

「うん」

ドリーも同じだった。

大きな、自分たちとは全く違う生き物。

それがここにいる。

しばらく二人は黙って裂《さ》け目の縁にいたが、硫黄の臭《にお》いに当てられて頭痛がしてきたので風上へと退避して、岩の上に座った。

「……スマートさんが言ってたんだけど、この世界は変わってるって」

「え」

「スマートさんって別の世界から来たんだって。そこでは魔法はもっと大きな力をもっていて、魔法使いはたくさんいて、普通の職業の一つなんだって。……竜っていうのは、いつでも魔法と共にあって、スマートさんの世界にもいることはいるんだけどそんなに多くはないし、暴れることもないんだって」

「そうなんだ」

「うん。いろんな世界があるんだなって言ってたよ」

「そうか」

正直ルフランディルはそんな話はどうでもよかった。

どうやってきりだそうか。

どれから話したら一番いいかな。

そればかりが頭の中で渦巻《うずま》いている。

「竜退治はやめにしないか、ドリー」

考えるよりも早く言葉が滑り出た。

「あんなのに勝てるわけない。ミオオクの町だって、見ただろ。一年に一回壊されるのが前提で作ってある。それに、僕、調べたんだけど、竜に殺された人はいないんだ。竜は町を壊すだけだ」

「……うん……」

ドリーは膝《ひざ》を抱え、視線を落として頷《うなず》く。

「それね、さっき、ロージーとマイヨールさんにも言われた。……私ね、それに、旅をして、少しは歌とか踊りとかも出来るようになって。自信がついたみたい。王子様の言ったことを思い出しても、前みたいに泣きたいくらいにはならないの」

え。

ルフランディルは喜んで表情を輝かせたが、ドリーはそれを見ることもなく言葉を続けた。

「腹は立つけど」

ルフランディルはがっくり肩を落とす。

まぁ、それはそうか。

「その、許せない王子が隣にいると知ったら、君はどうするんだね」

言葉とともに岩の陰から誰かが現れた。逆光になっていたので見えにくかったが、やがて目が慣れればそこにいるのは金髪と紺碧《こんぺき》の瞳の青年と、黒髪痩軀《そうく》の眼鏡《めがね》の青年だと知れた。

「イセ。タズ兄上」

思わず立ち上がり、茫然《ぼうぜん》と言うルフランディルに、常とは違う酷薄《こくはく》な笑みを湛《たた》えてタズは言う。

「来てはダメだといったろうルフランディル」

ドリーはその言葉を聞いて、ルフランディルを見た。

「……ラ……ンディ……？」

弾《はじ》かれたようにルフランディルはドリーに言った。

「騙《だま》したんじゃない！　名乗った名前以外は全部本当だドリー！　忍びの旅だから、ほんとの名前を言わないようにしてただけだ、でも君には名乗ってしまえばよかった、でも嫌われているから名乗れなかったんだ、ドリー、ごめん！　最初から僕が全部悪かったんだ！　僕は君が好きだ、世界の中で君が一番好きだ、誰よりも君が!!」

言っているうちに何故か涙が沸いてきた。

ドリーの茫然とした表情。

もうだめだ。

自分でちゃんと言うつもりだったのに。

ちゃんとできなかった。

嫌われた。

そう思ったら涙がこぼれた。

「ごめんなさい。最初、あの日、君を傷つけた。嘘《うそ》の名を言った。ごめんなさい」

ドリーは呆《あき》れたようにルフランディルを見つめていたが、唐突《とうとつ》にプッと笑った。

ルフランディルは驚いて顔を上げる。

「変な人。泣かなくてもいいじゃない。……よく考えて。沢に落ちて、あんな怪我《けが》してまで騙《だま》そうだなんてひとはいないわ。あなた、ほんとにひどい怪我で、私連れて行くの大変だったんだから。……ああそうか。ランディは、ルフランディル殿下だったのね。……そうか」

ルフランディルは手で涙をこすり、鼻をすする。

「ねぇ。私が、一番みっともないから好きなの？」

まっすぐに瞳を見て言われた言葉に、思い切り首を振る。

「君は誰より綺麗《きれい》だ」

ドリーは頬《ほお》を紅潮《こうちょう》させて微笑《ほほえ》んだ。

「私はあなたが好きかどうかまだわからないわよ」

「いいんだそれは！　いやあの、できれば、好きになって欲しいけどでも、僕が君を好きになっちゃったんだから……いいんだ」

「うん。竜退治はやめるわ。私、都に戻る。それからあなたは婚約を破棄《はき》して、私をデートに誘ってくれないかしら。やり直しをしましょうよ」

ルフランディルはその言葉に顔を輝かせた。

「……ほんとに?」

「ええ」

ドリーは頷《うなず》く。ルフランディルはドリーの手を取って、

「ありがとう!」

と叫ぶように言った。

「……なんとも寛大《かんだい》な女性だね。あれほどの侮辱《ぶじょく》をされて許すとは」

忌々《いまいま》しそうに言い放ったのはタズだった。

「どうも裏目に出ましたね。振られてへこんだところで我らのことを伝えるはずでしたのに」

イセが苦笑して言う。ルフランディルは胸を内側から切り裂《さ》かれるように痛みを覚えながら問う。

「イセ、タズ兄上。何を言ってるんださっきから」

「どなた?」

ドリーに訊《き》かれ、ルフランディルは答える。

「僕の世話係のイセと、兄代わりのタズ。……一緒《いっしょ》に、勉強を……したり……」

「でも、あなたと親密な間柄、という感じでもなさそうだわよ」

「いつもはあんなんじゃない。イセはもっと、泣いたり、わめいたり……兄上だって……」

混乱して言うルフランディルを、タズが鼻で嗤《わら》った。

「お前より少し勉学が出来ないと、皆に思わせるのには苦労したよ。出来過ぎてもまずい。かといって使えないようでもいけない。使えはするが多少とろい、そして野望も二心《ふたごころ》もない忠実な男だと思ってもらいたかったからな」

言いながらタズとイセは二人に近づいてきた。岩場を踏む足には淀《よど》みはない。まるで、幼い頃から慣れているとでもいうようだ。

「ああ、ようやくだ。ようやく私は自由になれる」

タズは目を閉じ、両腕を開いて大きく息を吸い、感極まったようにそう言った。そうしながら踊るようにタズは歩いた。

秋の青い、雲一つない高い空の下、彼の結ばれた金色の髪が風に吹き上がる。

「幾万の復讐者《ふくしゆうしや》がそうであったように、私も愚《おろ》かさの轍《てつ》を踏もう。すなわち、告白だ。ルフランディル。私は今からお前を殺す。これを言わずに実行した方が確実だと、知ってはいるが誘惑は甘美だ。打ち勝てぬ。もし私がしくじっても、きっとイセが遂《と》げてくれよう」

そしてタズはルフランディルの前で歩みを止める。

「レッセグン族を知っているかい、ルフ」

タズが何を言っているかルフランディルには全く理解が出来なかった。

ただ、いつものような調子で言われた質問には、ぽかんとしたまま頷いた。

「ミオクの……」

「そう。君が生まれるほぼ直前まで、この辺りはレッセグンの土地だった。けれども君のお父上はこの土地を欲しがった。確かにここは山脈の隙間《すきま》、隣国との街道の要所だ。けれどそれまでは、誰もレッセグンの土地を欲しがらなかった。竜が壊す場所だからだ。竜が町を壊す理由は分からない。けれど、一年に一度、必ず竜は町を壊す。レッセグンは一年だけ保てばいい町を毎年作った。竜が起きたら、全員で避難をして、竜が去ったらまた新しい町を建てる。旅人たちはその町で泊まり、食べ、商《あきな》いをした」

タズは笑いながら話している。

その後ろで、イセは笑っていない。

いつも笑っているくせに。

その手に握られた大振りの剣。

イセには似合わない。

「……君の父上は、レッセグンをこの土地から追いやった。ここで生まれる全ての利益《りえき》を欲ったのさ。レッセグンも抵抗はしたが、結果から言えばはかないものだったよ。圧倒的な力の差があるのだ。それこそ竜とウサギほどにもな。レッセグンは一族全て合わせても、その時わずか百数十名でしかなく、君の父上はダリド王国の国王だった。そして、その時使える全てでもって、我らをこの土地から追いやった。誇り高い族長の涙は忘れることは出来ない。死か、追放かと迫られ、族長は血の涙を流して追放を受け入れた。レッセグンの心は、一人一人の心に宿るのだと言って。……国王は、私とイセを都に連れて行き、忠誠を誓《ちか》わせた。その時まだ子供だった私とイセは、都に感激したと言って忠誠を誓った。うわべだけだがな。心には、復《ふく》讐《しゅう》の誓いを揺るがず立てた」

タズの紺碧《こんぺき》の瞳が、冷たくルフランディルを射《い》た。口元には微笑《ほほえ》みがあったが、それは親密さや、友愛を携《たずさ》えたものではなかった。

「君の父上は、私から一族と土地を奪ったのだ。家族をな。……だから私もそうしようと思うんだよ。わかるかい、ルフ。ずっとずっと、私とイセは君を見ていた。君が生まれ、育ってくれたことに本当に感謝したよ。だって、そうでなくては同じ思いを君の父上に味わわせてやれないからね」

「タズ兄上」

衝撃に動くことすら出来なくなったルフランディルの手を、タズはそっと摑《つか》んだ。

「竜は人を殺さない。けれど、そこから竜の巣穴に落ちたら、命はないだろう。中は深く、ここからは高さがあるのだから。さぁ、行っておいでルフ。イセに斬《き》られるよりいいだろう」

タズはそう言って、ルフランディルの手を強く引っ張り、傍らの亀裂《きれつ》にその身体《からだ》を投げ入れようとした。

タズの手にドリーはしがみつく。

「ルフランディル！　しっかりして！」

がっしりとしがみつかれ、踏ん張られて、タズは眉根《まゆね》を寄せる。

「離しなさい。ドリーさん」

「いやです！」

「あなただって、ルフランディルの愚《おろ》かさに傷つけられたはずです」

「ええそうよ、復讐を誓ったわ！　でも、だけど、一番腹が立ったその時だって、ルフランディルを殺そうだなんて思わなかったわ！　だってそんなの間違ってるもの！　違うもの！」

泣きそうになりながら言うドリーをルフランディルは茫然《ぼうぜん》と見つめる。

「ドリー……」

「……理屈は分からないけど、それは違うんだもの！　それだけははっきり分かるの、だからあなたは間違ってる!!　こんなことはやめて。あなたの一族の誰も、あなたがそんなことをするのを望んでない!!」

「何を」

「だってあなたはちっとも楽しそうじゃないわ。ルフランディルを殺してなんになるっていうの!?」

「離しなさい。あなたと議論をするつもりはない。イセ」

「ああ」

呼ばれたイセは今までルフランディルが聞いたこともない固い声で答え、大きな獣《けもの》の様に俊敏に岩場を渡る。腕を伸ばし、ドリーの身体《からだ》を事も無げに抱え上げ、岩山の亀裂《きれつ》へと投げ入れた。

「ドリー!!」

ルフランディルが絶叫する。

タズの手をふりきり、亀裂の縁にしがみついて手を伸ばす。

全てのものがひどくゆっくりに見えた。

ドリーの灰色の髪。

見開かれた灰色の瞳。

伸ばす自分の手。

ドリーの手が伸びる。

指先が触れて。

離れる。

落ちていく。

落ちていく。

暗闇に。

竜の巣穴。

硫黄《いおう》の臭《にお》いのその暗い穴が彼女を飲み込んでいく。

自分のすべてが粉々になってしまいそうな感覚がルフランディルを腹の奥から支配する。

伸ばしたドリーの指先を最後に、闇を彼女を包もうとした。

もうドリーの姿は見えない。

そのはずなのにルフランディルの脳裏《のうり》にはくっきりと映像が浮かんだ。

ドリーの身体にある十六枚の黒い羽根。

その一枚一枚が身体から離れ、衣服を透過《とうか》して実体となる。そしてそれは轟音《ごうおん》さえ伴《ともな》うような勢いで増えて塊になった。

真っ黒な羽根の塊は、ドリーを包んで浮き上がり、あっという間に亀裂の上、陽光の下に現れた。

ルフランディルはおろか、タズさえもその黒い羽根の塊を信じられない思いで凝視《ぎょうし》した。

その黒い羽根は一枚一枚蠢動《しゅんどう》している。それぞれが脈打ち、震えていた。

羽根に包まれたドリーは、その羽根の中から声を聞く。

「僕は、契約によって君を見守るものだ」

「……魔王？」

「そうだよ」

若い声だ。

そうだ父と母が言っていたのだ。

魔王がお前を守ってくれる。お前の身体《からだ》にある黒い羽根がそのしるし。

魔王などというからもっと恐ろしい声だと思っていた。

羽根の中から指先が現れる。男の手だ。白い肌。形のいい爪。骨の形の分かる人間の手。それから腕。裸の。薄い筋肉のついた、少年の腕だ。肩から先は着衣が覆《おお》う。フードのついたマントと袖《そで》のない上着。彼が人の形を取っていくごとに、黒い羽根は収縮して彼の中に消えていく。

ドリーを抱く両腕が現れ、そして両足、身体、顔、頭部が現れれば、もはや羽根は六枚、背中に鳥のように生えているのみになった。そしてそれも彼がまとうマントと同化して消えた。

魔王は黒い髪と黒い瞳の少年だった。

すくなくとも最初はそう思えたのだけれど、すぐ歳が分からなくなった。

青年かも知れないし老人なのかも知れなかった。

黒い瞳は一重《ひとえ》でわずかに吊《つ》っていて、髪は頭の形に添って切りそろえられていた。

魔王はドリーを抱いて亀裂《きれつ》の縁、ルフランディルの傍に立った。

ドリーは魔王の腕から駆け出すと、ルフランディルに抱きついた。

「……なんだ……魔王だと……？」

驚愕《きようがく》に目を見開くタズに、魔王は微笑《ほほえ》む。

「……この世界には魔法は少ない。この世界には魔王はいない。僕は隣の世界の魔王だ」

そう言う彼の手のひらの上には、銀の指輪があった。宙に浮いてくるくる回る。魔王は遊んでいるようだ。

「あ」

「なに、ドリー」

「あれ、スマートさんのよ。私、預かってたの」

ルフランディルとドリーが交わす言葉も耳に入らず、タズは魔王に言う。

「……では魔王。邪魔《じやま》をしないで頂《いただ》きたい。私は復讐《ふくしゆう》を果たすのだ」

それを聞いて、指輪を握ってどこかへと消し、何もない手のひらを軽く振って魔王はドリーに向かって言った。

「どうする？　ドリー」

「だめ」

ドリーは何も考えずに言って首を横に振る。

「だそうだ」

魔王はタズに言う。

その悠然《ゆうぜん》とした佇《たたず》まいと、威圧《いあつ》される存在感に、タズは言葉を失う。

立ちつくすしかないタズの横から、イセが歩み出る。

そして膝《ひざ》をついて頭を下げた。

「……ダリド国王陛下が、魔王にお会いしたいと申しております。王宮に上がってはいただけませんか」

そのイセに、タズとルフランディルが目を剝《む》いた。

「イセ⁉」

同時に言ったが、二人ともそのことに気がつかなかった。

横で聞いていたドリーは混乱しながらもイセに言った。

「……ええと、イセ、さんはレッセグン族で……タズさんの味方で、国王様の部下なの？」

イセは魔王に平伏し、黒髪を風になびかせてドリーに言う。

「そうですよ、ドリーさん。私はタズの味方で、レッセグン族で、ルフランディル様の世話係で、国王陛下の部下です」

「……ええと……それで、イセさんは……ルフランディルを殺したいんですか？」

「……旅の最初にはそれも考えました。が、今回の旅で、殿下も成長されましたし、思っていたよりずっとマシなところもありましたので、やめました。殿下がもっとどうしようもない方だったら、タズに従おうとも思っていたのですが。どちらにしろ、ドリーさんの危機には魔王が現れるだろうと予測してましたので失礼致しました」

失礼って、私死ぬところだったんですが。とドリーは思ったが話が進まなくなりそうだったのでやめた。

「い、いつから……魔王の、こととか……父上が？　え？」

まだ混乱するルフランディルにイセは言う。

「タズも申し上げましたが、そもそも、私とタズは、国王陛下に王宮に招かれたのです。そして私とタズはセグンへの罪滅ぼしとしてか、単純に私とタズを見込んでか分かりませんが。そして私とタズは復讐《ふくしゅう》を考え、そして今回の旅です。……私とタズの肚《はら》をご存じでかどうかわかりませんが、旅の前に、私は陛下に呼び出されて告げられました。ドリー・マクビティ嬢《じょう》によって魔王が現れたら、お連れするようにと。……如何《いかが》でしょう魔王。お応え下さいますか？」

魔王は腕を組んだまま、ドリーに言った。

「どうする、ドリー？」

「……私……王様に訊きたいことがあるわ」

「わかった。おいで」

魔王はドリーに手を差し出し、ドリーはルフランディルの手を摑《つか》んだまま、魔王の手を取る。

瞬きのあとには、豪華な部屋の中にいた。

「……えっ」

対応できずにうろたえるドリーに、ルフランディルが囁《ささや》く。

「王宮だよ。父上の執務室だ」

魔王が言う。

「ダリド国王陛下はおられますか」

「私だが」

部屋の奥で、机に向かっていた男性が応え、警備のものが突然現れた三人に詰め寄る。

ルフランディルがドリーを庇《かば》って言った。

「控えよ！　ルフランディル・ブワース・ダリドである！」

その声に衛兵達は剣を引いた。

国王は立ち上がり、衛兵達に言う。

「……いい、いい。控えておいで。私たちだけにしてくれ。危険はないから。あー椅子《いす》持ってきて。ひのふの、四つね。あとなんか飲むものとか。はいはい」

気の抜けるような声で言って、すぐに持ってこられた椅子や食べ物を三人に勧め、自分も椅子に座って国王は言った。

「おかえり、ルフランディル。おかえり、ドリーさん。そしてはじめまして魔王」

魔王は静かに椅子に座っている。

そうしていると、まるで普通の少年だ。十七くらいかな。

ドリーはお茶をぐびぐび飲みながらそう思う。

魔王の佇《たたず》まいは静かだ。

「……いろいろ、話さなくてはならない。聞いてくれるかね？」

国王の言葉に、ドリーは頷《うなず》いた。

第十章　ドリーの歌

王は語る。

「……まず、あるときから、なぜかこの世界には魔法が少なくなってしまった。魔法使いも少なくなった。ドリーさん、あなたのご両親が、今のところ最後だね。……でも、彼らの研究で分かったことがある。どうやら、私たちのこの世界には、隣の世界がある。そこには魔法がたくさんある。だから、隣から魔法を持ってくればよい。そういう研究を、あなたのご両親はしておられたんだ」

「あの」

おずおずとドリーは聞いた。

「どうして魔法は必要なのですか」

「……力は、いつの世も欲せられるものだからだよ。魔法があれば、色々便利だからさ」

その返事に、ドリーは納得したようなしないような声を出す。よくわからない。魔王もルフランディルも黙って聞いている。

「そして、ドリーさんの両親は、魔王と接触することに成功した。そうですね？　魔王様」

国王に問われた魔王は頷《うなず》いた。

「ええ。あの日のことはよく覚えていますよ。……呼ぶ声に引かれて、塒《ねぐら》を出たらこの世界でした。そして、ドリー」

魔王は黒い瞳でドリーを優しく見つめた。

「君のお父さんとお母さんがいたんだ」

魔王は手を伸ばし、ドリーの額《ひたい》に触れた。

ドリーの脳裏《のうり》に映像と声が浮かぶ。まるでその場にいて、全て見ているような。

どこか、部屋だ。何もない部屋だった。

そこに、父親と母親がいた。

魔王もいた。

「あの、魔王ですか」

ドリーの父親が言った。

「ええ、そうです。呼んだのはあなたでしょう。ご用はなんですか」

魔王が言う。今、ドリーの隣にいるのと同じ、少年の姿だ。

ドリーの父親は、目を輝かせ、ごくりと喉《のど》を鳴らした。

目の中に、興奮や、功名《こうみょう》や、欲望が渦巻《うずま》いた。

「我が国王があなたの力を欲して」

そこまで言って、ふと、彼は瞬きをして言い直した。

「……あのぅ」

「なんでしょう」

「魔王様は、大抵《たいてい》のことは出来るのですよね？」

「全てではありませんけど。まぁ大抵は」

「あのー」

「はい」

その時にはもう彼の目には欲望も何もなく、何か不思議な暖かいまっすぐなものが宿っていたので、魔王は微笑《ほほえ》んだ。

「私たちには娘が一人おるんですけども。……大きくなるまで、無事に大きくなるまで、見守っていて下さいませんか」

男はそう言った。

ドリーの母親は、夫のうしろでそれを聞いて微笑んで頷《うなず》いた。

「大きな力をお持ちなんでしたら、どうかお願いします。ドリーは、賢い子です。なに、ほっておいても間違えたことはしません。苦難にあっても、成長するでしょう。でも、もし、何か人の悪意や不運で命を落としたり、ひどい怪我《けが》をするようだったら、どうかそんなようなことからは、守ってやってもらえませんか」

女も一歩踏み出して、頭を下げた。

「私からも、お願いします。どうか。どうか」

「……わかりました」

魔王はそう言った。

ドリーはその映像から覚めて、自分が泣いていることに気がついた。

「ドリー」

ルフランディルが優しく抱きしめてくれているのに気がついた。

「ドリー」

ルフランディルの肩を濡らすほど、泣いた。

多分、自分もそうする。

目の前にかみさまがいたら、そして大事な人がいたら、その人の無事を願う。

あとはいい。あとのことはどうにかする。きっとどうにかなる。だから、大事な人の無事を願う。

誰かの命令なんか知らない。

功名《こうみょう》も、お金も、復讐《ふくしゅう》も、きっとその思いの前には無力だ。

「ドリー。僕に出来ないことの一つは、死んだ人をよみがえらせることだ。時間を、大きく巻き戻すことだ。それは出来ない。けれど、君がそうやって、悲しくなく、けれど胸が裂《さ》かれるように泣く間、君のご両親は死んでいない。わかるね」

魔王はそう言い、ドリーは何度も頷《うなず》いて嗚咽《おえつ》した。ルフランディルは強くドリーを抱きしめた。

国王はうんうんと頷きながら話を続けた。

「でもまぁ、私は国王だから、そればっかりで終わるわけにはいかんのです。ドリーさんのご両親も、私に報告はしなかったんだけれど、まぁそんなのは様子見てればわかることで。詰問《きつもん》したらすみませんと言ってくれはしましたがね。亡くなったあとでドリーさんの父上の日記を見てね、いきさつを知ったわけなんですが、この日が待ち遠しかった。私が直《じか》に魔王様にお願いする日が。どうでしょう魔王様。我が国のために働いてはいただけませんかな」

言うと国王は鈴を鳴らした。

頭からすっぽりと頭巾《ずきん》を被《かぶ》り、杖《つえ》を持った一団が押し寄せた。

「……まぁ、魔法使いがいなくなったと言っても、公《おおやけ》のことでしてな。地下にはこれくらいはおるのです。しかし全く、魔法が少ないというのは困りものですな。魔王様を捕えられると確信できる魔力をためるのに、全く今日《こんにち》までかかりましたよ。さ、捕縛《ほばく》して」

一団が杖を向け、何か呪文《じゅもん》を唱える。

途端、ドリーとルフランディルは全身を潰《つぶ》されるような感覚を覚えて悲鳴を上げたが一瞬のことだった。

魔王が無表情に、まるで虫でも追うように軽く手を払った。

途端、全ての杖が黒い蝶《ちょう》に変わり、部屋中を埋め尽くすように乱舞した。

「笑止《しょうし》」

無数の蝶の羽ばたきの音の中、魔王はつまらなそうに言って立ち上がる。

「僕は二度とあなたの前には現れないよダリド国王。では、さようなら」

そしてドリーの手を取って、また瞬きの間に岩山に戻った。

ドリーはルフランディルの手を離さなかったから、ルフランディルも戻った。

「事情は聞いてきた。イセさん、あなたの言うとおり、国王にも会ってきました」

魔王は言う。

「僕は国王には従わない。そして心しなさい。ドリーを、ひいてはドリーが愛するその若者を傷つけぬように。僕はドリーの守護者なのだから」

言われたイセは平伏し、タズは抜《ぬ》け殻《がら》のように岩場に座り込んだ。

「じゃぁ、ドリー。僕はちょっと、知り合いのところに行ってくる。何かあったら、時間も空間も越えてくる。安心していて」

「ありがとう……知り合い？　この世界に？」

魔王に言われたドリーはきょとんとする。

魔王は手のひらの上に浮かせて銀の指輪を見せる。

「スマート・ゴルディオンとは古い知己《ちき》でね。どこに行ったのかと、仲間が騒いでいたから伝えに行くのさ。まぁおおかた界渡《かいわた》りの魔法でも見つけて、試してみただけだろうけど。さぁ、急ぎなさい。夜の興行に間に合わなくなるよ」

「ええ。ありがとう、魔王」

ドリーはそう言う。魔王は微笑《ほほえ》んで消えた。

残された四人はそれぞれ虚脱《きょだつ》したように息を吐いた。

「さて。私たちをどう処分されますか、殿下」

イセが岩に座り込んだまま言った。タズは片膝《かたひざ》を抱え込んだまま動かない。

ルフランディルは言われて少し考え、言った。

「……ともあれ、一緒《いっしょ》にドリーの歌と踊りを見ないか？　僕はすごく見たいんだ。全部それからでいいだろ？」

夜の酒場は大盛況《だいせいきょう》だった。

七人の団員達の妙技《みょうぎ》がそれぞれ披露《ひろう》され、踊りと音楽がそれを飾り、観客の拍手や歓声がそれを盛り上げた。

動物たちはよく訓練され、滑稽《こっけい》な動きや、素晴らしい跳躍を見せた。

マイヨールとロージーの色気と緊張感のある番組は、ある時は固唾《かたず》を呑《の》ませ、ある時は口笛と下品な野次《やじ》を呼んだが最後には拍手がそれを包んだ。軽業師《かるわざし》の番組になったとき、別の衣装《いしょう》に着替えたロージーが、イセとタズとルフランディルのテーブルにやってきた。

「あらあらあらイセ！　なによドリーから聞いたわよ？　ルフランディル殿下のお付きなんだって？」

「やぁロージー」

イセはそう言って、ルフランディルとタズにロージーを紹介した。

「はーい王子様。ドリー泣かせたら殴《なぐ》るわよ？」

「こんばんは、ロージー。はじめまして」

「どもども」

それからイセとロージーとルフランディルは三人で話をした。

タズは顔も上げず酒を飲むばかりだった。

しばらくあれこれ話をしてからルフランディルがロージーに言う。

「聞きたいことがあるんだがいいだろうか」

「いいわよ」

「あなたはどうしてこんなところまでドリーについてきたんだ？」

ルフランディルはそう訊《き》いた。ずっと疑問だったからだ。

ロージーは笑う。

「簡単！　だってあの子、間違ってないからよ」

「え」

「復讐《ふくしゅう》したいの、そう言って、でも対象は王子様自身じゃなくて運命なの。運命に立ち向かって、そして自分を高めて。……知らないことや怖いことを乗り越えて、悔《くや》しいことや憎しみをどうにかしようっていうんだもん。そりゃぁ力になってあげたいわ。当たり前のことだと思うけど？　まぁあたしは単純に暇してたしね。面白かったわよ、この旅。終わるのがちょっと残念ね」

「そうだな」

ルフランディルも言う。

タズは話を聞きながら自分のグラスに酒を注いだ。

「私だって、間違ってはいない……」

すっかり酔った声でそう呟《つぶや》き、隣のイセに、

「いや間違ってましたよ。面倒だからやめましょう復讐とかもう」

と言われた。

「復讐は、でも、しないと、私は前に進めない……」

「でもそれが、ルフランディル様を害することでなくてもいい。他の何かを探しましょう」

イセはそう言い、タズは頷《うなず》くことも否定することもせずに舞台を見つめた。

「私はね、タズ。ずっとあなたにそう言いたかったんだ」

言えばよかったのに。

でも、自分はきっと聞かなかったろうな。

タズはそう思う。

照明が代わり、ドリーが出てきた。

伴奏《ばんそう》が始まり手拍子《てびょうし》が打たれ、ロージーも客席で踊り始める。軽快な音楽と太鼓《たいこ》のリズムに乗って、ドリーが踊る。伴奏者の中にはマイヨールもいた。

ドリーの若い明るい声の、軽快な歌と踊り。

振りは簡単なもので、初めて見る客も踊れた。

簡単なもののはずなのだが、ドリーが踊れば何か難しいことをやっているように見えた。

間奏になり、打楽器のリズムが激しくなれば、あとはドリーの独擅場《どくせんじょう》だ。流石《さすが》に難しくて客達がついて行けないステップを踏み、回転し、腕を伸ばす。

客達はドリーの踊りに合わせて手拍子《てびょうし》を鳴らした。

その音とドリーの踊りと音楽が一つになる。

そして間奏が終わればまた歌だ。

同じ節だったから、客達も覚えた踊りを踊った。

ルフランディルもイセも踊った。

タズは拗《す》ねたようにずっと酒を飲んでいたが、ロージーに強引に引き立たされ、仕方なく踊り出した。そうしてしまえば長身で美男子のタズは、王宮の踊りを修めていたこともあって、客の中でひときわ目立った。

周囲の喝采《かっさい》が酔いを助長し、タズは仕舞いには笑いながら踊った。

曲が終われば嵐のような興奮があったので、何度も何度もドリーは歌い、踊った。酒場の中は歌と踊りの熱で暑い。

流石《さすが》に息が乱れてきた頃、照明が落とされ、静かな曲調になった。

ドリーは舞台の上で、歌った。

今日、あなたがいてくれたことは、夏の楡《にれ》の木の木陰のような恵みでした。

喉《のど》を過ぎる水のような癒《いや》しでした。

あなたが生きて、私と出会ってくれた、今日という日の喜びを胸に、床《とこ》につきます。

たとえ今夜が嵐でも、雲の上には星と月があり、そして同じ嵐の中にあなたがいてくれる。

それだけで私は、安らかな眠りに包まれる。

もし昔、私が傷つけられたことを知っても、どうか悲しまないで、怒らないで。

ただ、私の手を取って、離れた場所にいても共に前を向いて歩いてください。

おやすみなさい。

明日の朝、あなたにいいことがありますように。

祈って私は眠ります。

おやすみなさい。


そして照明は落とされ、波のような拍手が生まれてそれも静まると、ざわめきが戻った。

ルフランディルは熱狂の残りを感じながら、踊りに切れた息で言った。

「さて、ドリーのところに行ってく……」

イセとタズに視線をやると、二人とも泣いていた。

タズはロージーにしがみついていた。

ロージーは大きな息子に抱きしめられた老母のように、いたわりのある仕草でタズの背中を叩いていた。

「あの、歌は、どこで？」

タズは泣きながらロージーに言った。

「来る途中でね、旅をしてる人たちと一緒《いっしょ》になって。その人たちから教わった歌よ。どうしたの？」

ロージーはなだめるように、優しくタズに囁《ささや》く。

タズは涙をこぼしながら言った。

「レッセグンの歌だ。私の母も、歌ってくれた歌だ。幼い頃に亡くなった母が、何度も歌ってくれた歌だ」

「そうなの」

ロージーはそれだけ言って、タズの髪を撫《な》でる。

ルフランディルは、ロージーのように抱きしめることは出来なかったから、イセの傍に立っていた。

イセはルフランディルの視線に気がつき、涙を拭《ふ》いて苦笑した。

「すみません」

謝られた言葉に、ルフランディルはポケットからハンカチを出した。

「……僕のハンカチはお前がいつも用意してくれている。お前は、自分のは持っていないのか」

苦笑と共に言われたルフランディルの言葉に、イセは軽く肩をすくめた。

「ほんとは、ずぼらな性質《たち》なのですよ」

ルフランディルのハンカチを受け取って、イセは涙を拭いた。

「……おそらく、デルゥエか、パサーが後任になると思いますが、あんまり困らせないでやってくださいね、ルフランディル様」

「なんだ、お前やめるのか？」

きょとんとして言われ、イセは言葉を無くす。ルフランディルは偉そうに笑って言った。

「……竜の巣で、ドリーが足を滑らせて、魔王が現れた。お前とタズ兄上は僕を心配してついてきた。そういうことだったろう。ああ！　ドリーが足を滑らせ、僕が危機に陥《おちい》ったことを気にしているのか。ドリーとも話し合ってあるが、そこまで責任を感じることはないと思うがな」

ハンカチを口元に当て、イセは掠《かす》れた声で言う。

「……私か、タズに、寝首を掻《か》かれますよ」

「お前も兄上も、もはやそんなことはしないよ」

「甘うございます」

　ふん、とルフランディルは鼻で嗤《わら》う。

「僕を殺してもなんにもならない。それよりも、次の王たる僕を使って、希望を叶えるのが近道だ。……僕にはどうしたらいいのかわからないからな。お前達が考えろ。実行できるだけの力は、そのうち僕が手にいれるさ。そのハンカチは預ける。僕はドリーのところに行くから、裏口で待っていてくれ。ではな」

　そう言い置いてルフランディルは足早に楽屋に向かった。

　タズのこともイセのことも、本当のことが聞けたのであとはまぁなるようになる。

　腹を割って話せるようになれば解決の道も探れるだろう。

　楽屋に行ったらマイヨールがいて、ドリーの楽屋に通された。

　マイヨールは、

「へばってるからさ。労《いたわ》ってやって」

　とルフランディルに言った。

　ドリーは衣装《いしょう》を脱いで、簡素な服に着替えていた。

「ルフランディル」

　そう言って、ルフランディルに抱きついたので、ルフランディルはドリーを抱きしめた。

ナンニタ山のスマートの家の周りは、もはや木々が色づききっている。風が吹けば、葉が落ちる音が雨音のようだ。

そんな季節のこんな天気のいい日は、窓を全て開け放って温かいお茶を飲むのにはもってこいだ。

「そんで？　それからどうなった」

大きなポットから紅茶を注いで、スマートは魔王に言う。湯気と香気の立つカップを手にして、魔王は笑った。

「どうもしません。一度彼らは都に戻って、多分それからまたやりなおすんじゃないですか」

「タズとかイセとやらは」

「彼らは彼らで考えるでしょう。まぁ、おそらくルフランディルと共にはいることになるでしょうけど、ドリーと愛し合っている間はルフランディルは僕の庇護《ひご》下にありますから、何も手出しできません。……それも杞憂《きゆう》でしょうけどね」

「ミオオクの竜は」

「そのまんまですよ。折り合いつけて、なんとかやっていくしかないでしょうし、竜が町を潰《つぶ》すのは、単純に目障《めざわ》りだからでしょうね。一年に一度潰せばすっきりするようだし、人間達も慣れたもので避難の手順も決まっているので、別にかまわないでしょう」

「退治してやっちゃどうだ？」

ヒヒ、とからかう笑みで言われ、魔王はにっこりと笑う。

「僕は、別に人間の味方というわけでもありませんし、何とかやれているならそれ以上の手助けはお節介《せっかい》というものです。逆にお訊《き》きしますけどお師匠様《ししょう》。どうしてあっちの世界に戻らないんです？　サフが青筋立てて僕のとこに来て、ジエールに八つ当たりしていきましたよ。オニキスがなだめてくれたらしいですけど」

スマートはうーんとのびをして窓の近くに立つ。

「あっほらご覧よ。リスだリス」

「女性を五股《いつまた》かけて、ややっこしいことこの上ないことにしたって、ジオに聞きましたけど。それから逃げるのに界渡《かいわた》りの魔法開発したわけでもないですよね？」

「あっ腰痛い。年かな」

しらばっくれるスマートに、魔王はため息を吐く。

いずれにしろ世界を行き来するのは自分には造作《ぞうさ》もないことだ。

風が吹いて一斉に落ち葉を散らす。

光に透けて乱舞する落ち葉は、赤や金色だ。

雪の降る頃には、ミオオクからドリー達が戻ってきて、きっとここに立ち寄ってくれる。

それまで、遊んでいくのもいいな。

「お師匠様。僕、しばらくここにいていいですか」

スマートの横に立ち、降る落ち葉を見上げる。

スマートは複雑な笑みを浮かべて言った。

「……寝場所はあるけどな。お前、魔王って何食うの?」

光を反射して落ち葉が降り積もる。

穏やかな秋の一日だ。

あとがき

こんにちは。野梨原花南《のりはらかなん》です。

えーと、このあとがきは読む前に読んでいいのか悪いのか、ちょっと判然としません。

ご判断お任せします。

「そもそもあとがきはあとで読むものですよ。内容に触れているかも知れないですし」

と、仰《おっしゃ》る方には心から拍手を。

私はネタバレは全く平気、むしろバレてないと不安で読み進められない性質《たち》です。推理小説は最後から、ホラーは誰が死ぬか確認してから読みます。だって怖いもんギャー！　推理小説もオチでゾゾーってするの多いし！　この間読んだのも怖かったー！　びえー！

「あ、そっかー！」

って思った瞬間が怖いんですよ。

さて、このおはなしの後半で出て来るひと二人は、以前私がやっていた「ちょー」シリーズというお話からやってきています。

でも今回微妙に、新しい話です。シリーズ化するかどうかはまだ不明です。

ちょーシリーズというのは私としては書きたいだけ書かせていただいて、うお楽しかったぁ！　というハッピーな作品だったので、出来るだけそっとしておきたかったという気持ちもありますが、今回是非にと担当さんに言っていただいたので書かせていただきました。

そのシリーズをご存じなくても、この本は楽しんでいただけると思います。

ですがまぁ、最後の方で黒いのがぶつくさ言ってるのは、つまりそういう世界があって、あのふたりがそこにいたんだということです。

近所のおばちゃんの愚痴《ぐち》程度で流していただいても全く問題ありません。

近所のおばちゃんにだって、誰にだっても他人には関係なく、そして知らない関係や世界はあるのです。

その程度のことです。


月日が経つにつれ、どんどんあとがきを書くのがたいへんになってきます。

近況と言っても特に代わり映えもしないのですが。

えっとー。

エアコン壊れたので買い換えたら三日で壊れて、サービスの人とすったもんだした挙げ句、交換してもらって快適だわいと昼寝してたら、その交換してもらったエアコンから水が降ってきました。

またクレームつけなきゃならんかと思うとうんざりだったので、夏だしなんかの怪奇現象ということにしよう、あっやだ、あたしそれ名案！　天才じゃない？　とか思っていたら、その時だけだったのであるいは怪奇現象だったのかもしれません。いいよもうそれでも。

こわいのはイヤですが、ほんとにサービスの人とすったもんだしてめんどくさかったので、めんどくさいのが勝ちました。

あと、朝顔の苗を買って育ててみたら、ものすごく繁茂してしまいちょっと当惑しています。

ばかすか種も出来ているので、ひょっとしたら私、永遠に夏には朝顔育てる運命を五百円で背負ってしまったのかしら。

朝顔の種《しゅ》としての生命はものすごく長い気がします。

だって夏に朝顔育てるのは楽しいですし。

朝顔育ててエアコン買って海に行って花火見ました。

いい夏でした。

いまはすっかり秋です。

秋刀魚《さんま》食べました。

すだち買ったら余ったので、カップ焼きそばにかけてみたらおいしかったです。

この何年か見てないので、山に紅葉を見に行きたいです。

そんな思いがラストシーンにこめられているのかもしれませんね。

つ、つながった……苦しいけど……。


今回の主人公二人は、石頭娘とバカ王子、とでもサブタイトルをつけたい二人でした。

このあとタズがグッダグダになったら面白いと思います。なっちゃえ。

二人はこのあと無事に結ばれるのかどうか、それもまた書いてみないとわからないことです。

そして書かれない以上、おはなしは読んで下さったかたの心の中でだけ、息づいていくのだと思っています。

微妙にシリーズ番外編ということで、久しぶりに宮城《みやぎ》とおこさんに挿画《さしえ》をお願いしました。

以前もとても素晴らしい絵をつけていただきましたが、今回も更に素敵です。ありがとうございます。

次はどんな形でお逢《あ》いするのか全く未定ではありますが、久しぶりにこの言葉でお別れを。

それではあなたさえよければまた、お逢いしましょう。

二千六年　　野梨原花南

※この作品はフィクションです。実在の人物・団体・事件などにはいっさい関係ありません。

この作品のご感想をお寄せ下さい。

野梨原花南先生へのお手紙のあて先

〒101―8050　東京都千代田区一ツ橋2―5―10
集英社コバルト編集部　気付
野梨原花南先生

のりはら・かなん

11月２日生まれ蠍座Ｏ型。賞も獲らずにデビューし、売れもせずにほそぼそとやってきた小説屋が、開業14周年を迎える（2006年時）ことを心底不思議がり、ありがたがっている今日この頃である。
著作はコバルト文庫に『ちょー』シリーズ、『ちょー企画本１・２』『逃げちまえ！』『あきらめろ！』『都会の詩　上巻・下巻』『居眠りキングダム』『よかったり悪かったりする魔女』シリーズなどがある。

王子に捧げる竜退治

COBALT-SERIES

2006年11月10日　第１刷発行
2006年12月15日　第２刷発行

★定価はカバーに表示してあります

著　者　野梨原花南
発行者　礒田憲治
発行所　株式会社　集英社
〒101－8050
東京都千代田区一ツ橋２－５－10
電話　東京
(3230) ６２６８（編集部）
(3230) ６３９３（販売部）
(3230) ６０８０（読者係）

印刷所　大日本印刷株式会社

© KANAN NORIHARA 2006　Printed in Japan
本書の一部あるいは全部を無断で複写複製することは、法律で認められた場合を除き、著作権の侵害となります。
造本には十分注意しておりますが、乱丁・落丁（本のページ順序の間違いや抜け落ち）の場合はお取り替え致します。購入された書店名を明記して小社読者係宛にお送り下さい。
送料は小社負担でお取り替え致します。但し、古書店で購入したものについてはお取り替え出来ません。

ISBN4-08-600839-4　C0193

〈好評発売中〉 コバルト文庫

お嬢様はときどき男!? 痛快コメディ！

野梨原花南 〈よかったり悪かったりする魔女〉シリーズ

イラスト／鈴木次郎

レギ伯爵の末娘
〜よかったり悪かったりする魔女〜

公爵夫人のご商売
〜よかったり悪かったりする魔女〜

スノウ王女の秘密の鳥《とり》籠《かご》
〜よかったり悪かったりする魔女〜

侯爵様の愛の園
〜よかったり悪かったりする魔女〜

フリンギーの月の王
〜よかったり悪かったりする魔女〜

侯爵夫妻の物語
〜よかったり悪かったりする魔女〜

〈好評発売中〉 コバルト文庫

ちょー愛しあうふたりの波乱の運命!?

野梨原花南 〈ちょー〉シリーズ

イラスト／宮城とおこ

ちょー美女と野獣
ちょー魔法使いの弟子
ちょー囚《とら》われの王子
ちょー夏の夜の夢
ちょー恋とはどんなものかしら
ちょーテンペスト
ちょー海賊
ちょー火祭り
ちょー魔王(上)(下)
ちょー新世界より
ちょー先生のお気に入り
ちょー秋の祭典
ちょー後宮からの逃走
ちょー歓喜の歌
ちょー戦争と平和
ちょー英雄
ちょー薔薇色の人生
ちょー葬送行進曲

●

ちょー企画本
ちょー企画本2

〈好評発売中〉 コバルト文庫

古文の授業中にだけ行ける王国!?
学園&学ランファンタジー!

居眠りキングダム

野梨原花南
イラスト/鈴木次郎

岡野修一の担任・多田の古文の授業は妙に眠い。考えたら一度も起きていたことがない。それって何か変じゃ!? いつものように寝てしまった岡野だが、気づくと不思議な場所で!?

〈好評発売中〉 コバルト文庫

俺を守るヒーロー、あらわる!?
衝撃&感動の学園ＳＦファンタジー！

都会《まち》の詩《ポエム》 上巻 下巻

野梨原花南
イラスト／山田南平

少し変わった科学者の
父親がいることをのぞ
けば、いたって平凡…
だと思っていた高校生
斗基。そんな彼の前に
「僕は君を守るために
生まれた」という美青
年・ヒカルが現れて!?

〈好評発売中〉 コバルト文庫

仕事屋さやかの痛快ストーリー!!

野梨原花南

イラスト／木下さくら

逃げちまえ！

火星マルスシティ。美貌の仕事屋
さやかは、人捜しを依頼される。
だが強盗殺人の濡れ衣を着せ
られて、尋ね人チュチェと一緒
に逃げ回るハメになって!?

アラビフタン国の王子の護衛
をすることになったさやか。
だがひょんなことから、
１枚の絵をめぐって街中
が舞台の大チェイスが…!?

あきらめろ！

〈好評発売中〉 コバルト文庫

虎の潜む森で、人知れず芽生える愛。

風の王国

臥《が》虎《こ》の森

毛利志生子

イラスト／増田メグミ

懐妊が判明した翠蘭は
エウデ・ロガの城で愛
しいリジムや朱瓔らと
念願の再会を果たす。
城主イーガンが朱瓔を
見初めて求婚するが…。

――〈風の王国〉シリーズ・好評既刊――

風の王国
風の王国 天の玉座
風の王国 女王の谷
風の王国 竜の棲む淵
風の王国 月神の爪
風の王国 河辺情話
風の王国 朱玉翠華伝
風の王国 目容《もくよう》の毒

〈好評発売中〉 コバルト文庫

むかうところ“敵だらけ”!?
守龍ワールド、待望の新シリーズ!

乙女は龍を導く!

榎木洋子
イラスト/牧あさか

強気でオットコ前な高一の理花。ある日幼なじみの夕樹とともに謎の金髪男にさらわれて、気がついたら異世界で〈選ばれし乙女〉なんて呼ばれるハメに!?
乙女の人生、波乱万丈!

〈好評発売中〉 コバルト文庫

赴任先は、魔女がホウキで
空を飛び交う魔法の村!?

ダナーク魔法村は
しあわせ日和
〜都から来た警察署長〜

響野夏菜
イラスト／裕龍《ゆうりゅう》ながれ

クールな首都警察特務捜査官イズーは、捜査中に負った傷を癒すため、署長としてド田舎の警察署へ赴任することになった。そこは、世界最後の秘境と言われるダナーク村で…!?

コバルト文庫 雑誌Cobalt

「ノベル大賞」「ロマン大賞」
募集中！

集英社コバルト文庫、雑誌Cobalt編集部では、エンターテインメント小説の新しい書き手の方々のために、広く門を開いています。中編部門で新人賞の性格もある「ノベル大賞」、長編部門ですぐ出版にもむすびつく「ロマン大賞」。ともに、コバルトの読者を対象とする小説作品であれば、特にジャンルは問いません。あなたも、自分の才能をこの賞で開花させ、ベストセラー作家の仲間入りを目指してみませんか！

〈大賞入選作〉
正賞の楯と副賞100万円（税込）

〈佳作入選作〉
正賞の楯と副賞50万円（税込）

ノベル大賞

【応募原稿枚数】 400字詰め縦書き原稿用紙95〜105枚。
【締切】 毎年7月10日（当日消印有効）
【応募資格】 男女・年齢は問いませんが、新人に限ります。
【入選発表】 締切後の隔月刊誌Cobalt12月号誌上（および12月刊の文庫のチラシ誌上）。大賞入選作も同誌上に掲載。
【原稿宛先】 〒101-8050　東京都千代田区一ツ橋2－5－10（株）集英社
コバルト編集部「ノベル大賞」係
※なお、ノベル大賞の最終候補作は、読者審査員の審査によって選ばれる「ノベル大賞・読者大賞」（大賞入選作は正賞の楯と副賞50万円）の対象になります。

ロマン大賞

【応募原稿枚数】 400字詰め縦書き原稿用紙250〜350枚。
【締切】 毎年1月10日（当日消印有効）
【応募資格】 男女・年齢・プロ・アマを問いません。
【入選発表】 締切後の隔月刊誌Cobalt8月号誌上（および8月刊の文庫のチラシ誌上）。大賞入選作はコバルト文庫で出版（その際には、集英社の規定に基づき、印税をお支払いいたします）。
【原稿宛先】 〒101-8050　東京都千代田区一ツ橋2－5－10（株）集英社
コバルト編集部「ロマン大賞」係

★応募に関するくわしい要項は隔月刊誌Cobalt（1月、3月、5月、7月、9月、11月の18日発売）をごらんください。